西奧律師事務所

THEODORE BOONE

The Activist

黃口罩的逆襲

John Grisham

約翰·葛里遜 著　蔡忠琦 譯

遠流

【推薦序】
從法律故事中找到答案

台灣人權促進會會長，洪仲丘案、關廠工人案義務律師　**邱顯智**

這本〈西奧律師事務所〉的第四集《黃口罩的逆襲》藉由十三歲少年西奧參與社區新開設支道事件，深刻地描寫了公共徵收的議題，故事高潮迭起，令人一讀便欲罷不能。約翰．葛里遜實在是個非常會說故事的人。

近年來，偶有機會演講法律議題，我發現中、小學生比起大學生及社會人士對形形色色的法律案件及問題，更具有好奇心與求知欲。他們問出的問題或提供的答案，也常常令我低迴再三。例如：

「你怎麼知道你所辯護的人不是壞人？」

「壞人應該要處死刑嗎？」

「律師可以賺很多錢嗎？」

「現在台灣的警察還會刑求嗎？」

「法官為什麼會判錯？」
「關廠工人要還錢嗎？」
「洪仲丘案判太輕了嗎？」

類似的問題，顯示我們的孩子對社會上發生的事情並非無感。由我國青少年對法律無比的好奇與熱情也可以了解到，實在需要更多好的故事來解答孩子們的問題。本書正是一個精彩無比的故事，情節引人入勝，更難得的是，它讓讀者們透過主人翁西奧這位十三歲少年的眼睛，了解公共徵收的正反面意義。

其實我們每天所生活的社會也在經歷像書中所描述的故事。相信國人對於苗栗大埔張藥房案並不陌生，這間藥房就在眾目睽睽下被拆除，應聲而倒。之後張藥師因此投水自盡死亡，留下無限的悲痛。然而，在張藥房遭拆除後，台中高等行政法院判決該區段徵收違法，內政部也不再上訴。這樣的爭議就如同本書的故事一樣，其間充滿各種相交錯之理由的論辯。整個訴訟過程中也充分地討論了下列問題：爲什麼要徵收？徵收的好處是什麼？壞處是什麼？有沒有比徵收更輕微的手段呢？有沒有履行徵收所必要的程序？每個問題都需要各種不同的意見交鋒論辯，以做出最後的決定。

當代民主社會之價值，正是在於不同價值觀的論辯，讓各種意見於言論自由的市場上競爭，言論自由的眞諦就在於：「我雖然不同意你的意見，但我誓死維護你說話的權利」。而如何養成這樣的風度，以及凡事理性討論、獨立思考和論證的能力，必須從青少年期開始學習。

法學是人類理性化思維的努力。每天社會都正在發生許多艱難的法律問題，這些故事都涉及多個或多重的利益衝突與掙扎，也都困擾著我們，都需要靠理性能力及智慧去解決。閱讀精彩的法律故事，正是學習理性論辯能力最佳的法寶。「關廠工人要還錢嗎？」「洪仲丘案判太輕了嗎？」想要了解這些問題的答案嗎？就從閱讀〈西奧律師事務所〉開始。

校園好評推薦

美國知名法律小說作家約翰．葛里遜創作的〈西奧律師事務所〉，主角是十三歲的西奧．布恩，擁有豐富的法律知識。他是辯論高手，充滿熱情且懷抱遠大夢想。

本書以小說的方式呈現「土地徵收、都市更新、環境評估議題、公民意識、公聽會」這些在台灣出版品中很少出現的議題。這位熱血青少年，集結團隊力量，運用最新科技製作反建造支道的影片上傳YouTube，將家鄉斯托騰堡即將面臨的大災難，以戴上黃口罩的方式表達嚴重的抗議，發揮小兵也能立大功的精神，在公聽會上影響委員的投票而造成大逆轉。全書高潮迭起，從西奧、伍迪、哈迪三人和愛犬法官被四個大人襲擊開始，展開對私人土地遭強制徵收的護地行動。

從故事中，讀者們可以思考「政府亟需公共建設→徵收土地→地主不甘損失→集體抗爭」這在台灣也上演過的議題。藉此，閱讀時可進到主角的內心世界並連結到自己的生命體驗。本書書名《黃口罩的逆襲》在吸引和掌握讀者注意力上也有相當的影響力，看到書名可先預測本書到底在說些什麼。

閱讀本書除了了解法律相關知識外，更能喚起讀者的公民意識；從幾位主角身上學習青少年如何關心公眾議題，發揮公平正義精神，碰到困境如何獨立思考與解決問題的能力，是一本令人愛不釋手的好小說。

——新北市新店國小校長　**吳淑芳**

我在百忙之中答應寫這篇推薦文，本以爲只會匆匆閱讀，但是閱讀後，卻被故事深深地吸引。名作家約翰·葛里遜的《黃口罩的逆襲》一書讓讀者重新定義艱澀、無趣、令人感到窒息的法律文字。他以流暢的文筆，並藉文本故事角色的一問一答，讓讀者得以深思、澄清、理解「法律的眞諦」。

故事一開始以學生深感興趣的辯論賽揭開故事的序幕，道出西奧對於問題思考的廣度與深度，更清楚點出「細節決定完美」。作者尤其擅長掌握故事的衝突性，連結今天大家關心的議題——環保，企圖牽動讀者的呼吸、脈動。我必須說，法律因爲這本書而舞出春天的燦爛，這是一本兼顧認知性及文學情感的法律少年小說。

此外，這本書也可視爲教室外的學習。「土地徵收」一詞若只是意義的解釋，仍只是「土地徵收」一詞，但當「土地徵收」跟生命、情感、傳承、大自然的規則……產生連結，勇氣就會找到出口滲出，並一點一滴地擴大。可是勇敢不是只有「膽」而已，更要有「識」。就像本書的主角西奧為正義挺身而戰，即使面臨危險，但因為有著細膩的思維、專業的判斷，讓西奧能夠靈活解決問題。這是一本難能可貴的好書。

——新北市鄧公國小主任、新北市候用校長　**吳惠花**

本集主要事件關係圖

這一次，西奧的家鄉有了危險，而最大的脅迫者居然是應該保護他們的政府………本集人物關係錯綜複雜，編輯特地繪製了簡單易懂的人物關係圖，希望能幫助各位讀者了解故事內容，享受閱讀樂趣。

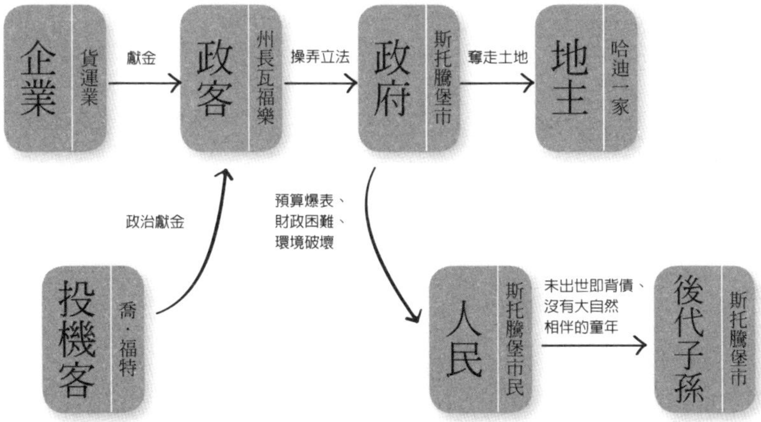

第1章

競爭隊伍來自中央中學，也是斯托騰堡中學在鎮上最強勁且唯一的對手。每逢對上中央中學的任何遊戲、競技和比賽，氣氛就會特別緊張，群眾也會特別多，一切都感覺特別重要，即使只是一場小小的辯論賽。一個月前，斯托騰堡八年級的辯論隊在中央中學爆滿的體育館裡獲得勝利，評審們宣布這個結果時，現場觀眾卻不太開心，觀眾席有人喝倒采，儘管很快就平息下來。不論勝負，合宜的舉止和運動家精神仍是被重視的。

斯托騰堡中學的隊長西奧·布恩不但是隊長，也爲辯論賽做總結，他負責壓陣，局勢緊張之際，更是其他隊員求助的對象。雖說西奧和他的小組從沒吃過敗仗，但他倒也不是沒被狠狠攻擊過。兩個月前，他們和同校的女子辯論組比賽，主題是開車法定年齡是否該由原本的十六歲提高到十八歲，雙方脣槍舌戰卻難分軒輊。

不過在這個當下，西奧心裡想的並不是別的辯論賽。他在台上的折疊桌旁坐著，艾倫和喬伊分別坐在他兩旁，三名年輕男子皆穿著西裝、戴領帶，神氣十足地盯著對面的中央隊。身爲西奧的顧問、好友兼辯論組指導教授的蒙特老師此時正對著麥克風說：「現在由斯托騰堡中學隊的西奧．布恩發表總結陳述。」

西奧往觀眾席一瞥，他爸爸坐在前排，而他媽媽身為離婚訴訟律師，此時正在法庭忙得分身乏術，並懊惱自己無法出席獨生子的這場表演。布恩先生後方坐著一排女孩，包括愛波．芬摩，她是西奧最要好的朋友之一，還有全八年級最受歡迎的女孩荷莉．克修，她們後面則聚集了一群老師：來自喀麥隆的莫妮卡女士教西班牙文，她是西奧第二喜歡的老師（蒙特老師當然是第一），教幾何學的卡曼老師、教英文的艾芙莉老師，甚至校長葛萊德威爾都出席了。無論如何，就辯論比賽而言，這可是相當多的觀眾。若是籃球或足球賽的話，雖然雙方參賽者不只三名，觀眾卻是這群人的兩倍多，而且老實說，過程也精彩得多。

雖然很難，西奧還是試著不去想這些事，氣喘狀況不允許他去參加團體運動，而辯論是他在觀眾面前表現的唯一機會。班上大部分同學上台演講都會怕得要命，他卻很喜歡這種挑戰，他熱愛這個事實。儘管賈斯汀能在雙腿間運球自如，一天到晚投出三分球，但課堂上一被叫到，他就膽怯得像個三歲小孩；布萊恩則是在全斯托騰堡十三歲游泳選手中排名第一，他享受身為一位優秀運動員的神氣，不過一旦站上台，他則是低頭不語。

西奧截然不同，他很少坐在廉價的露天座位替別人加油，反而會在法院流連忘返，成天觀察律師們如何在法官和陪審團面前搏鬥。總有一天他會成為一名律師，年僅十三，他卻已學習到寶貴的一課，知道上台的表現是成功的關鍵。那並不容易，其實他每次踩著專業的步伐上台時，都覺得胃在翻攪且心跳加速。西奧讀過很多偉大運動員的故事和他們比賽前的教戰守則，因爲情緒緊繃，很多人甚至會緊張到吐；西奧不想吐，只是感到害怕和不安。曾經有一位老鳥律師告訴他：「孩子，如果你不緊張，那就有問題了。」

西奧當然緊張，不過從經驗得知，那只是暫時的感受，只要遊戲一開始，他的肚子就沒事了。他抓住麥克風，望向主席說：「謝謝您，蒙特先生。」接著轉向中央隊，清了清喉嚨，藉此提醒自己說話要清楚、速度要放慢，然後才開始：「好，剛剛布雷叟先生說了幾個重點，特別是他提到不應該讓犯法的人受益，另外就是許多土生土長的美國學生以及他們的父母皆無法負擔大學學費，這的確不容忽視。」

西奧吸了一口氣，轉向觀眾席，卻避免眼神接觸。在他的辯論生涯中，西奧已經學會一些伎倆，其中最重要的一招，就是別去看觀眾的臉，以免分心，還可能讓思緒中斷。因此他說話時，目光轉而落在各種物件上——右手邊的空椅子、後方的時鐘，或是左側的窗戶。一邊說話，他的視線會不間斷地從一側移動到另一側，如此營造出一種鮮明的印象，讓他看起來全神貫注，彷彿很熱切地在跟觀眾溝通、在台上如魚得水，所有法官都愛這一套。

他繼續說：「然而，未登記有案的勞動者、那些『非法勞工』的孩子們無法挑選自己的出生或居住地，他們的父母決定非法進入美國，大部分是爲了找份工作以求溫飽，因爲上一代做錯的事而受罰是不公平的。我們學校和中央中學，還有本區的所有學校裡，都有所謂不該在這裡的學生，只因他們的父母曾經犯法；儘管如此，他們仍然得以入學，得以被接納，在學校體系裡受教育，其中很多人還是我們的朋友。」

這是個熱門議題，禁止非法勞工的孩子註冊進入公立大學的聲浪愈來愈大，傳遍全州。支持禁令的人主張，大量的「非法移民」將會：一、灌爆大學體系；二、排擠掉原本在入學條件邊緣的本國學生；三、耗費由眞正美國公民繳納的百萬稅金。目前爲止，中央隊已經竭盡所能地高唱以上論調。

西奧繼續說：「法律要求本州的任何學校系統讓所有學生入學接受教育，無論他們來自何處。如果州政府理應負擔前十二年的學校教育，又有何理由對這些學生關上大學大門？」

西奧面前放了一張先前寫下的重點，但他拒絕低頭看，所有法官都喜歡不看小抄的辯士，西奧知道自己這點已經佔了優勢，中央隊那三個對手都仰賴小抄。

他舉起一根手指說：「首先，這是公平問題。父母都期待我們上大學，這可以說是美國夢的一部分，這樣說來，立法禁止我們當中的很多學生、朋友進入大學就顯得相當不公平。」

他舉起另一根手指說：「再者，競爭總歸是件好事。布雷叟先生主張，美國公民應優先取得進入大學的權利，因爲他們的父母先到這塊土地，即使這些學生表現不如那些未合法登記勞工的孩子。我們的大學難道不應該錄取最好的學生嗎？這才是重點吧。縱觀全州，每年都提供大約三萬個名額給大學新鮮人，爲什麼有些人可以享有特別待遇？如果我們的大學只收最好的學生，不就會讓學校變得更厲害？答案是肯定的。有資格的人才得以入學，就像不會有人只因爲父母的出生地而被學校拒絕在外。」

蒙特老師勉強控制住笑意，他知道西奧穩拿勝算。西奧設法讓聲音聽起來帶著一絲憤怒，絲毫不戲劇化，卻準確地傳達這樣的訊息：事情都擺明了，還有什麼好爭辯？蒙特老師對此並不陌生，眼看西奧即將送上致命的一擊。

第三根手指倏地劃入空中，西奧同時開口：「至於最後一點……」他停頓了一下，吸了口氣，目光掃射全場，彷彿他要說的話，不管那是什麼，將會是無比眞實、清晰，包準讓在座的每個人都信服。「許多研究證實，比起沒有大學學歷的人，大學畢業生有較多工作機會，薪水也較高，而被剝奪上大學權利的人，則比較容易失業，繼而衍生出各種問題。」

西奧又停了下來，緩緩檢視夾克上的一枚鈕釦，他知道釦子好端端的，但他需要藉此營造極度自信的形象。「結論是，將非法移民的子女拒於大學之門外的想法糟糕透頂，目前已被超過二十州駁斥，也因此華盛頓的司法部承諾，倘若本州通過此法令，將採取訴訟手段應對。這種禁令短視近利、毫無意義，而且根本就不公平。這塊土地充滿各種可能性，我們的祖先只是在不同的時間點移民過來，這是個由移民組成的國家。謝謝大家。」

西奧回座後，蒙特老師出現在講台邊，微笑著說：「請給兩邊隊伍熱烈的掌聲。」觀眾已得到警告不得以任何方式表現支持或反對意願，隨即場上響起一片熱烈的掌聲。

「我們稍微休息一下。」蒙特老師宣布。西奧、艾倫和喬伊都迅速起立，上台與中央隊握手，六個男孩頓時壓力解除，全都鬆了一口氣。西奧向台下點點頭，爸爸對他豎起大拇指，幹得好。

幾分鐘後，評審宣布贏家。

第2章

卸下領帶和夾克，不知爲何，西奧還是覺得他平常穿的這套卡其服最舒適，雖然一排到底的釦子和白領設計讓這件襯衫顯得有點過於正式。學校的課程結束了，最後一堂課的鐘聲已經響起，這個星期三，西奧要前往音樂樓繼續課後活動。一路上，幾個八年級生恭喜他以優異的表現獲得勝利，西奧報以微笑，裝作不以爲意的樣子。他內心其實對自己很滿意，只不過品嘗勝利滋味的同時，不能顯得太驕傲。「千萬不能得到大頭症。」一位資深訴訟律師曾給他忠告：「因爲下一次陪審團可能會讓你心碎。」又或者，下次的辯論會是場災難。

他走進音樂廳，往一間小練習室前進，有些學生正取出樂器準備上課。西奧走近時，愛波·芬摩正在檢查她的小提琴。「幹得好。」她悄悄地說，愛波很少用第三者能聽到的聲音說話，「你是最棒的。」

「謝謝你去看比賽，有這麼多觀眾眞是太好了。」

「你就要變成一位厲害的律師了，西奧。」

「我是這麼計畫的，不過還不確定要把音樂擺在哪裡。」

「音樂無所不在啊。」她說。

「你說了算。」西奧打開一口巨大的箱子，小心翼翼地拉出一把大提琴，這是學校的財產，愛波和某些同學擁有自己的樂器，其他人如西奧的樂器則是租借來的，因爲他們還不確定能否對音樂持久。西奧之所以在這兒，是因爲愛波說服他參加，再加上他媽媽喜歡兒子學習樂器。

爲什麼是大提琴？西奧既不確定，也不記得他爲何選了大提琴。事實上，他甚至不確定到底是不是自己做的決定。一個弦樂團的組成包括小提琴手和中提琴手數名、一名低音提琴手和至少一名大提琴手，通常還會有一架鋼琴配合。女孩們似乎都偏好小提琴、中提琴，笨重的低音大提琴則被德瑞克·布朗一把抓走了，沒人想要大提琴。西奧從拿到琴的那一刻，就知道自己永遠無法學會好好演奏。

這堂音樂課是現有六週課程的延伸，最後一秒才倉促成軍，標榜是爲了不會樂器的孩子準備的初級課程，無論是眞正的初學者、未經正式訓練的人，或是沒有音樂背景或天分的學生。西奧去參加剛剛好，多數同學的情況也都與他相仿。這堂課沒有壓力，一星期上一小時，主要目的是讓學生享受樂趣，偶爾加以指導。

薩斯川老師讓這堂課妙趣無窮。他是個精力充沛的小老頭，留著灰色長鬍子，棕色眼睛骨碌碌地轉，眼皮不時抽動幾下，並且每週都穿著同樣褪色的格子呢棕色夾克。在漫長的音樂生涯中，這位老師聲稱指揮過好幾個管弦樂團，而過去十年，他在斯托騰學院任教。薩斯川老師很幽默，要是學生犯錯，他會對他們哈哈大笑，這樣的戲碼在這裡經常上演，他還說他的工作僅僅是讓學生們認識音樂、去「嘗嘗音樂的滋味」，而不是讓他們變成眞正的音樂家。「我們先來學點基本功夫就好，孩子們，然後練習一下，看看會怎樣。」他每星期都這麼說。四週過後，學生們不只玩得開心，事實上，他們對音樂的態度也變得比以前更認眞。

而這一切即將改變。

薩斯川老師遲到了十分鐘，當他終於抵達練習室時，他看起來既疲倦又煩惱，平時總掛在嘴邊的微笑不見了。他看著大家，卻似乎不知道該說什麼。接著他開口：「我剛離開校長辦公室，現在看起來，我似乎是被開除了。」

在場大約有十二個同學，大家面面相覷，滿懷疑惑。薩斯川老師彷彿快要哭出來了，他繼續說：「他們告訴我，市政府被迫進行一連串的經費削減，似乎是因爲預算不如預期的多，一些比較不重要的課程被要求立刻中止。孩子們，我很抱歉，這堂課被取消了，結束了。」

學生們驚訝得說不出話來。一方面他們爲失去這堂喜愛的課而難過；另一方面，他們也很同情薩斯川老師。老師曾經在課堂上開玩笑，說要拿學校付給他那少得可憐的酬勞去補齊「最偉大作曲家」系列的CD收藏。

「這不公平吧。」德瑞克．布朗說：「他們憑什麼開了這門課，又不讓我們上完？」

薩斯川老師無法回答，回應道：「你得去問問別人。」

「你沒有簽合約嗎？」西奧問，立刻希望自己什麼都沒說。不管薩斯川老師有沒有簽約都不關西奧的事，但西奧知道市立學校裡的每位老師都有簽一年的合約，蒙特老師曾在公民課上解釋過。

薩斯川老師勉強哼了一聲，露齒一笑，然後說：「當然，不過沒什麼用，基本上那上面只說了學校能在任何時間、因爲任何現實的理由取消這門課，這就是典型的合約。」

「沒什麼用的合約。」西奧咕噥著。

「對，是沒用。我很抱歉，孩子們，我想這門課結束了。我很享受這段時光，希望你們以後一切都好，你們當中有些人有天分，有些人沒有，但就像我說過的，只要多加練習，你們每個人都能學會演奏樂器。記住，只要練習，沒有不可能的事，祝你們好運！」話一說完，薩斯川老師便緩緩轉身，傷心地離開了練習室。

門悄悄地闔上，大家默默地盯著門看了半晌，最後愛波說：「做點什麼啊，西奧，這太不公平了。」

西奧起身說：「我們去找葛萊德威爾校長，大家一起去，去占領她的辦公室，不見到她我們絕不離開。」

「好主意。」

他們跟著西奧離開練習室，形成一個小隊伍踏步離開音樂樓，穿越大廳、越過中庭，接著走進主要大樓，沿著走廊走到底，最後進入校長辦公室所在的中央廳，接近學校的前門處。他們跨開大步走到葛洛莉雅小姐桌前，這位學校祕書的眾多工作之一，就是帶領訪客到校長辦公室內。西奧和葛洛莉雅小姐很熟，她弟弟酒駕被抓的時候，她向西奧請教過意見。

「午安。」葛洛莉雅小姐邊說邊從掛在鼻尖上的眼鏡後方瞪視。她原本正在飛快地打字，但桌子前突然冒出一群憤怒八年級生，似乎讓她有點不高興。

「嗨，葛洛莉雅小姐。」西奧面無表情地說：「我們想見葛萊德威爾校長。」

「發生什麼事了？」

這是葛洛莉雅小姐的典型反應，她總是要搶在你跟校長討論事情前，先知道是什麼事。這位小姐在學校是有名的包打聽，西奧從經驗得知，葛洛莉雅小姐遲早會知道他們的意圖，所以他乾脆照遊戲規則走。

「我們是薩斯川老師班上的學生。」他解釋：「就是剛被學校開除的那位。我們想和葛萊德威爾校長談談這件事。」

葛洛莉雅小姐蹙起眉頭，一副絕不可能的樣子。「她現在很忙，正在開一個非常重要的會議。」她邊說邊對校長室的門點點頭，門當然一如往常是關著的。西奧進去過很多次，通常是因為好事去見校長；偶爾也會是一些不那麼愉快的狀況，比如上個月跟同學打架，這是他從三年級以來從未有過的事，當時葛萊德威爾校長就是在那扇緊閉的門後和他談話。

「我們可以等她。」他說。

「她非常忙。」

「她一直都很忙，請幫忙轉告我們在這裡。」

「我不能打擾她。」

「那好吧，我們在這裡等。」西奧環視偌大的招待室，有兩張長椅和各式各樣用了很久的椅子。「進來這裡。」他說。他的同學們立刻占據兩張長椅和其他椅子，西奧找不到位子，索性往地板一坐。

葛洛莉雅小姐的壞脾氣是有名的，現在明顯就不太好，她不喜歡自己的空間被一票憤怒的學生侵略。「西奧，」她很不客氣地說：「我建議你和你的朋友們到外面前廳那邊等。」

「在這裡等有什麼不對？」西奧立刻回嘴。

「我說了，到外面去等。」她突然提高音量，火氣來了。

「誰說我們不能在學校辦公室等？」

葛洛莉雅小姐的臉脹得通紅，看來隨時會爆發，還好她夠聰明，只是咬著唇，深深吸了口氣。她無權命令孩子們離開接待室，而且她知道西奧也知道這點，她同時知道西奧的父母是受人尊敬的律師，西奧若是與做錯事的大人對陣，西奧的父母總是勇於爲兒子伸張正義，尤其是布恩太太，若兒子受到不公的待遇，她絕對相挺到底。

「好吧。」她說：「只要保持安靜，我還有工作要做。」

「謝謝你。」西奧說，差點接著說他們根本沒發出半點聲音，不過他決定不計較這個，這場爭執原本就穩拿勝算，但現在沒必要惹更多麻煩。

在西奧和其他同學的注視下，葛洛莉雅小姐裝忙裝了五分鐘，無奈現在是下午四點，放學時間已經過了半小時，天色很快地暗了下來。幾分鐘後，通往葛萊德威爾校長辦公室的門開了，一對年輕的家長快步走出，彷彿沒看到西奧一幫人似地匆匆離去，顯然他們跟校長的會面並不愉快。葛萊德威爾校長走進接待室，看到這群人之後說：「西奧，今天的辯論賽你表現很好。」

「謝謝誇獎。」

「這裡發生什麼事了？」

「這個嘛，葛萊德威爾校長，我們是薩斯川老師音樂課的學生，我們想知道為什麼課程被取消了。」

她嘆口氣，耐著性子微笑說：「這我料到了，請進。」由西奧殿後，學生們排成一路縱隊走進校長辦公室。關門時，西奧忍不住給緊盯著他們看的葛洛莉雅小姐一個邪惡的笑容，而她也不落人後地回敬一個。

校長室裡，學生們全都站在葛萊德威爾校長的辦公桌前，那裡只有兩把給來賓坐的椅子，但他們沒人敢大方地坐下，校長心知肚明。「同學們，謝謝你們來一趟，取消音樂班的事，我很抱歉。」她邊說邊拿起一份像是報告的東西。「今天早上市立學校總管理處送來這份備忘錄，發文人是我的上司，也是那裡的第一號人物，邁克爾總監。學校董事會昨晚召開特別會議，討論如何解決相當緊急的預算問題，市政府、郡政府和州政府承諾撥給斯托騰堡市立中小學體系的經費削減了一百萬美元。這三個單位是學校預算的來源，他們因種種理由縮減經費，我們也只好降低各種開支，全市的兼任老師都將捲鋪蓋走路，戶外教學也因此停辦，課後活動如薩斯川老師的音樂課也得取消。受影響的人愈來愈多，這非常不愉快沒錯，但控制權不在我。」

「經費來源怎麼了？」西奧問。

「這是個很難回答的問題。有些人怪罪於經濟蕭條或不景氣，稅收也減少了，所以沒有那麼多錢在流通，還有人宣稱教育系統太浪費錢，尤其是內政方面。我眞的不知道答案，我的工作就是聽從命令。除了中止音樂課，我還得開除一名工友、二名餐廳員工、四名兼職教練，還有其他六位課後活動老師；我也已經告訴皮爾斯老師，他六年級科學班的學生們不能參加勒斯騰堡核電廠一年一度的戶外教學。」

「糟透了。」蘇珊說：「那個校外活動很棒的。」

「我知道，我知道。皮爾斯老師多年來一直帶領這個活動。」

「但你和人家簽約，給人家一個承諾，然後突然在途中硬是取消，這樣感覺並不公平。」

「沒錯，這不公平，西奧，但合約不是我負責的，內政部有位律師專門處理這些事。」

好幾個學生你看我，我看你，漸漸感受到現實的重量。

葛萊德威爾校長說：「我很抱歉，我也希望能幫上什麼忙，卻無能爲力，我相信一定會有很多人投訴邁克爾先生和學校董事會，你們也可以自由加入。」停了好一會兒，她說：「好了，如果沒別的事，我還有個會要開。」

「謝謝你願意傾聽我們的意見，葛萊德威爾校長。」西奧說。

「應該的。」

慘敗的學生們排成一列縱隊，心情沉重地離開辦公室。

第3章

西奧出生之前，他的父母就一起在「布恩&布恩法律事務所」工作，他們的辦公室在一棟改建的老建築物裡，位於一條安靜又陰涼的街道上，兩旁小辦公室林立，與主要大街和斯托騰堡市中心僅以幾個街區相隔。天氣好的時候，常常會看到律師們拿著公事包沿著帕克街的人行道前進，往返於步行僅十分鐘遠的地方法院。午休時間，成群的律師、會計師和建築師會在路上漫步、聊天，說說笑笑地前往用餐。常常也會看到祕書和律師助理匆忙地跑來跑去，遞送重要文件到其他辦公室，或是連跑帶跳地衝向法院。

騎腳踏車的孩子並不常見，至少在帕克街很稀奇。不過每天下午，都會有一個這樣的身影——西奧，呼嘯而過。

據他所知，西奧·布恩是全鎮唯一擁有自己法律辦公室的十三歲男孩。其實那不怎麼算是個辦公室，只是他父母事務所後方的一個迷你房間，有一扇門通往一小塊碎石地，那是他父母與事務所其他成員專用的停車場。法律事務所永遠沒有足夠的儲存空間，因爲那些律師們心理上就是無法割捨東西，再加上他們製造大量的紙本文件，西奧的辦公室原本是用來存放那些老舊的文件以及清潔用具。一旦他接管這裡，把東西清掉之後，他安置了一張厚紙板桌當他的辦公桌，在閣樓上找到棄置的旋轉椅也被他用電線和強力膠給拯救了。一面牆上掛著明尼蘇達州雙城隊的海報，是他支持的隊伍，另一面牆上則掛著愛波·芬摩在他十二歲生日時送給他的西奧幽默肖像畫。

他桌上通常擺著筆記本和文具用品，桌下通常有隻叫做「法官」的狗。沒人能得知法官的年紀或牠打哪兒來，除了知道牠曾經在流浪犬收容所裡待到最後倒數二十四小時，差點被安樂死以外。西奧兩年前從動物法庭把牠救回來，取了新名字，帶牠回家，讓牠在西奧床底下安穩地睡到天亮，然後悄悄地漫遊在布恩&布恩事務所的各個房間和辦公室之間，偶爾在前門附近艾莎辦公桌下的小床打個盹，或是鑽進無人使用的會議桌底下，或是在廚房裡閒晃，期待不小心掉在地上的食物。法官的體重約十三點五公斤，雖然牠吃人類的食物，卻不曾因此長胖過一公斤，每四個月見牠一次的獸醫是這麼說的。牠喜歡較鹹的食物，像是薯條、起司脆餅和鹹肉三明治，不過只要是食物，牠一向來者不拒。有人生日的話，牠就期待會有蛋糕吃；有人跑一趟高乎優格冰淇淋店的話（那人通常是西奧），就期待專屬牠的那一勺，最好是香草口味。布恩先生的祕書陶樂絲每個月至少會帶來一次的恐怖燕麥餅乾，法官也是全事務所唯一能將它吞下肚的成員。

法官不喜歡的食物大概只有狗食了，西奧吃什麼牠就吃什麼。牠的早餐是全脂牛奶加喜瑞爾穀片，絕對不要脫脂牛奶，還有西奧家的晚餐以及西奧在學校的時候，辦公室的人隨意扔給牠的零食。

因爲牠身邊的人都是律師，法官知道時間的重要性，各種約會、大小會議、開庭時間、行程表等等，事務所裡的每個人都時時盯著時鐘，彷彿它掌管了一切。法官也有牠自己的時鐘，牠知道每個星期三，就像其他日子一樣，西奧會在下午四點左右放學回家，正因如此，法官在三點半就準時移動到艾莎的桌子底下繼續睡。但那只是狗的睡眠方式，並不是熟睡，比較像是一邊淺淺地睡著，半睜著眼，耳朵一邊留意著西奧砰砰地爬上樓，再將腳踏車栓在門廊的聲音。

法官聽到這些聲音後，就爬起來伸伸懶腰，彷彿牠已經好幾個小時沒起身似的，然後聚精會神地等著。

西奧背著背包，從前門走進來。「哈囉，艾莎。」這是他每天都會說的話。艾莎立刻跳起來，捏捏他的臉頰，問他今天過得如何。「還可以。」她幫西奧整了整襯衫，然後說：「你爸爸說你在辯論賽表現傑出，是嗎？」

「我想是吧。」他說：「我們贏了。」法官此時已經移動到西奧腳邊，搖著尾巴，等著西奧摸摸牠的頭、跟牠說話。

「你穿上正式襯衫眞帥。」這是西奧意料中的反應，艾莎見面第一句話通常與他的服裝有關。其實她比西奧的父母年長，卻總是打扮得像個品味奇特的二十歲女孩。她也像是西奧的祖母，是他生命中很重要的人物。

西奧一邊和他的狗說話，一邊摸摸牠的頭，然後問：「媽媽在嗎？」

「她在裡面，正等著你呢。」艾莎連珠砲地說，這女人的精力無窮。「她很沮喪，西奧，她竟然錯過了你的辯論比賽。」

「沒什麼大不了的。她還有工作要做，不是嗎？」

「是這樣沒錯。廚房裡有一些大胡桃布朗尼。」

「是誰做的？」

「文森的女朋友。」

西奧點頭表示贊同，隨即走向大廳另一側，媽媽的辦公室。門是開的，媽媽招手叫他進來。他找了張椅子坐下，法官也噗通一聲坐在他旁邊的地上。布恩太太正在電話中，她的高跟鞋停放在牆角，這表示她已經出庭戰鬥了一天。瑪伽拉·布恩今年四十七歲，比西奧班上大部分同學的媽媽年紀大些，她相信女律師出庭時應該穿著正式服裝；一般上班時間穿的衣服可以比較隨興，至少對布恩太太而言是如此，但出庭的日子則意謂著時髦的裝束和高跟鞋。

樓上的布恩先生鮮少出庭，對外表也從不關心。

「恭喜你。」她邊說邊掛上電話。「你爸說你表現得實在太棒了，西奧。真抱歉我沒辦法去看你。」

他們聊辯論比賽的事聊了一會兒，西奧鉅細靡遺地描述中央隊的論點和他們隊所提出的反方意見。不過幾分鐘後，他媽媽就察覺了有什麼不對勁。西奧常常對他媽媽的敏銳度感到驚訝，他每次想和媽媽開個玩笑，或是用什麼愚蠢的故事來唬弄她，都從來沒成功過。媽媽只要看著他的臉，就馬上知道他在想什麼。

「怎麼回事，西奧？」她問。

「嗯，現在你可以把我學大提琴那檔事給忘了。」他說，接著透露音樂課不復存在的消息。「感覺很不公平。」西奧說：「薩斯川老師教學很強，對我們班很有熱情，而且我想他需要這份收入。」

「糟透了，西奧。」

「我們去問葛萊德威爾校長，她說預算縮減是內政部的命令，解雇教練、工友和餐廳員工的事她無能爲力，時機眞的很不好。她說我們可以對學校董事會提出訴狀，但沒有經費就是沒有經費。」

布恩太太坐在椅子上一轉，轉到一個整齊的小櫃子旁，開始尋找某個資料夾，而樓上的布恩先生如果想找資料夾時，只能埋頭亂翻桌上那一疊疊隨意堆在一起的書面資料；他的桌底下也同樣有成堆的資料，桌子旁邊也是，常常可以看到最上頭的文件一滑，落到地上的另一堆東西上。布恩太太的辦公室極具現代感，且乾淨整潔得一絲不苟，而布恩先生的辦公室則老舊不堪，地板吱吱作響，書櫃也被壓得往下陷，可以說是一團糟。然而西奧親眼目睹很多次，布恩先生找資料的速度幾乎和他老婆一樣快。

她椅子又轉回辦公桌這一側，看著手上資料。「這名年輕女子上週來找我說要離婚，情況很糟，她二十四歲，帶著一個孩子，肚子裡還懷著一個，她因爲忙著懷孕生孩子，所以沒工作，她先生是市政府的新到職警察，全家只有一份收入，過著入不敷出的生活，要是分開就更難以餬口了，我建議他們去接受婚姻諮商，認眞解決問題。昨天她打電話跟我說，她先生剛收到裁員通知，市長已經傳令各部門削減百分之五的預算，市警總共有六十人，也就是說有三個人會被解雇，這位客戶的先生就是其中之一。」

「那她要怎麼辦？」西奧問。

「試著撐過去。我不知道，我也很替她難過。她告訴我她念中學時，曾夢想著上大學、開始自己的事業，這些感覺彷彿還是昨天的事，現在的她嚇得半死，不曉得未來會如何。」

「她後來上大學了嗎？」

「她試過，但她的清寒補助也被削減了。」

「每筆經費都在削減，這是怎麼回事啊，媽？」

「經濟發展時好時壞，西奧。景氣好的時候，大家賺得多，也花得多，這直接影響稅收，政府收到的稅金也會增加，更多的營業稅、財產稅……」

「我不太清楚財產稅是什麼。」

「好，其實很簡單。你爸和我擁有這棟建築，這叫做不動產。土地和建築物都是不動產；轎車、船隻、摩托車和卡車則屬於個人財產，市政府也可以從這裡徵收稅賦。回到主題上，市政府每年會評估這棟建築的價值，現在的市價是四十萬美元，遠高於我們當年購入時的價格。市政府決定它的價值後，就會根據適用的稅率課稅。去年的稅率是百分之一，大概是四千美元的稅款，我們住的房子也同樣要課稅，只不過稅率稍微低一些。總而言之，我們還是得付大約兩千美元的自用住宅稅款。至於個人財產部分，我們有兩輛汽車，大概要繳一千美元的稅，所以去年我們就繳了七千美元給市政府。」

「錢都用到哪去了？」

「學校機關分到的最多，也用來支付消防與警務方面的費用，另外還有醫院、公園和遊樂設施、街道維護、垃圾處理，林林總總還有很多。」

「你有權干預稅收的使用方式嗎？」

布恩太太臉上泛起微笑，思索片刻。「也許有一點，並不是直接干預，不過我們經由選舉選出市長和市議員，理論上，他們應該聽民眾的意見，雖然事實上，我們納稅只是因爲不得不如此，我們只能期待一切如願。」

「你討厭納稅嗎？」

這個天真的問題，布恩太太再度微笑以對。「西奧，沒人喜歡納稅，但同時我們又想要有好的學校、訓練有素的警察和消防人員，還有漂亮的公園、最棒的醫療設備，諸如此類。」

「我猜每年付七千美元換得這些還算不錯。」

「西奧，七千美元只是付給市政府，我們還要納稅給郡、州政府以及在華盛頓的美國政府，由於經濟的景氣突然進入寒冬，各階層的政府單位都面臨預算緊縮的問題，不只是斯托騰堡而已。」

「所以現在情況到處都很糟？」

「我們經歷過更糟的時代，同樣地，經濟狀況總是起起伏伏，現在我們認識的人都受到影響，比如薩斯川老師和我的年輕客戶，所以似乎感覺特別糟。我們認識的人丟了工作，問題才突然顯得嚴重起來。」

「不景氣會影響到我們老『布恩&布恩』嗎？」

「噢，會啊，尤其是你爸爸的生意。大家都不買房子、蓋房子的時候，房地產業就會遭殃，不過別擔心，西奧，我們已經熬過很多次了。」

「但這感覺不公平。」

「的確如此，西奧，但本來就沒人說生命是公平的。」她的電話嗡嗡作響，是艾莎傳來的訊息。「我得接這通電話，西奧，我想你爸要找你。」

「好的，媽。晚餐吃什麼？」

這個玩笑開得真好，今天是星期三，星期三意謂著金龍餐廳的中華料理外帶，布恩太太忙得沒時間進廚房。

「我想到糖醋蝦。」她說。

「我覺得不錯。」西奧邊說邊起身，和法官一起離開辦公室。

第4章

西奧在最後一秒改變心意，不要糖醋蝦，改點炒牛肉，那是法官的最愛之一。他爸爸先去拿外帶，七點整到家。布恩一家聚在起居室，大家坐定在自己的木質小摺疊桌前準備用餐。布恩先生用他典型的方式說「感謝主」後，大家就開動了。法官坐在西奧椅子旁邊，很想吃卻耐心等著。

電視遙控器在布恩太太手上，幾個月前他們擬訂停戰協議，大家同意每週三輪流持有遙控器，無論是誰拿著遙控器，其他兩人不得抱怨。吃了幾口晚餐並對辯論比賽發表了一點意見後，布恩太太終於打開電視，開始漫無目標地轉台，沒有特別想看的節目，電視被調成靜音，只聽得到法官大口吃肉的聲音。如果是西奧或布恩先生，二話不說就會轉到《梅森探案》那一台觀賞，但布恩太太就是漫無目的地換台，沒有什麼特別感興趣的。她很少看電視，也盡量讓西奧遠離它。

她後來終於停在一台，正在播放「今日的斯托騰堡」，集結了本週最熱門的新聞，但製作得很糟，如果照字面上來看，電視上播的那些應該是熱門新聞，但通常都不是。她按了音量鍵，霎時間，他們發現州長帶著假笑出現在螢幕上。看不見的旁白說：「州長瓦福樂今天到鎮上宣布終於要建造紅溪支道的計畫。建造這條環繞整個城市的十三公里環形道路將耗費兩億美元，這是多年來爭論不休的議題，州長瓦福樂聯合地方商業領袖和民選官員一起推動這個方案。他宣布，他已經指示交通運輸部長要以這條道路為優先，並分配足夠的建造經費。」鏡頭拉遠，廣角鏡頭裡，州長正對著麥克風說話，後方站著一群身穿西裝的嚴肅男人。

「難以置信。」布恩太太說。

「什麼是支道？」西奧問。

她說：「嗯，以現在這個例子來說，是一條哪兒都去不了的路，卻至少要花上兩億元建造，讓卡車司機穿越斯托騰堡時可以省五分鐘。」

布恩先生加入討論。「那也是一條大家急需的四線道高速公路，能有效紓解拜兜街的交通堵塞。」

布恩太太回道：「那是個無底洞。五年前，伍茲，跟你站在同一陣線的保守派納稅人組織將這列為全國第三大浪費稅收的計畫。」

布恩先生回答：「某商業議會的研究指出，拜兜街的堵塞過於嚴重，以致於影響到經濟成長與發展。」

布恩太太說：「兩億元只為了五分鐘，難以置信。」

布恩先生說：「你不能阻礙經濟發展。」

然後是一段長長的靜默，西奧囁嚅地說：「抱歉我問了這個問題。」

他們又聽了一會州長演說，在沉默中繼續用餐。接著一位地方州議員站上台，開始誇耀這條新公路能讓生活各方面，不論是該郡或該城市，都變得更美好。他長得不太吸引人，脹紅的臉、短胖的身材像是硬被塞進那套難看的西裝。他以如雷的聲音講了好幾分鐘，布恩太太終於說：「你投給那個小丑。」

布恩先生看起來似乎有點罪惡感，無法否認這項指控。

「爸，真的嗎？」西奧問，一臉不可置信，彷彿想說：「怎麼會有人投票給這種人？」

「是真的。」他父親終於承認。

年僅十三的西奧，對政治的興趣從不持久，電視上有太多情節告訴自己離政治愈遠愈好。他知道媽媽偏向自由派，爸爸則偏向保守派，但他聽過他們不只一次形容自己是中庸派，或是走某種中間路線。從多次討論內容中，西奧已經明白沒有什麼簡單的中庸派，幸好他父母知道不該在西奧面前爭論政治，他們從不爭論任何事，至少西奧在場的時候會避免。

西奧天真地問：「那兩億元是哪來的？」

他爸爸回答：「大部分來自州政府，但當中也有些市政府和郡政府的錢。」

西奧問：「但現在市政府到處削減預算，取消學校課程、將警察和工友解雇，市府又怎麼能花錢在這條公路上？」

他媽媽笑著說：「賓果。」

「絕大部分是由州政府支付。」布恩先生說。

「可是州政府也在削減預算不是嗎？」

「賓果。」他媽媽說，又笑了一聲。

「媽，你爲什麼一直說『賓果』？」西奧問。

「西奧，因爲你的所有疑慮都是正確的，而且這些問題並沒有什麼好答案。不論經濟好壞，建造這條公路都要浪費很多錢，但這不重要，重點是，在這個時間點，在市政府、郡政府和州政府都沒錢的時候建，簡直太荒謬了。」

身爲律師，他們雙方討論議題時都習慣堅守立場，然而西奧覺得爸爸對建造公路的支持不如媽媽的反對強烈。他們的爭論一度停擺，接著在完美的時機，西耶拉俱樂部的發言人出現在螢幕上，控制遙控器的布恩太太立刻堅定又驕傲地調高音量。那個男人說：「建造這條公路在十年前就是個爛主意，十年後的現在更糟，它將兩度穿越紅溪，破壞城市水源，而且還會近距離從傑克森小學旁經過，每天會有兩萬五千次車流量，包括大量卡車經過大約有四百名孩童嬉戲的運動場，請試想隨之而來的噪音和汙染。」

布恩太太將音量開得更大。

西耶拉俱樂部的人繼續說：「尚未仔細研究對環境的衝擊，這個方案就被貨運公司收買的政客大力推行。」

下一個說話的又是一名政客。布恩太太迅速地按下靜音。

「西耶拉俱樂部是什麼？」西奧問。

「一群崇尚自然的激進份子。」他爸爸說。

「那是全世界最棒的環保團體之一。」他媽媽說。

「喔。」西奧說，然後又吃了一口晚餐。就像大部分的孩子，西奧其實很享受父母意見相左的罕見時刻，他決定要讓這場辯論繼續下去。「我不懂。」他說：「如果州政府和市政府都破產了，那兩億元是從哪來的？」

「問你爸。」布恩太太立刻說，在球未落地之前，以驚人的速度和準確度拍出去。

「他們借來的。」布恩先生說：「儘管破產，政府從來不會因此停止花更多的錢，籌不到錢的話，就直接用浮動利率債券借到所需款項。」

「浮動利率債券是什麼？」西奧問。

「你現在深陷泥沼嘍。」布恩太太說著又笑了起來。

「嗯，這說來複雜。」布恩先生說：「我們改天再談這個，西奧，重點是那些政府並不按照他們應該遵循的方式運作。你媽和我辛苦工作，我們代表客戶去處理事情，我們賺取律師費，我們也花錢支付員工薪水、辦公室設備、電費等等，但我們必須保持收支平衡，就這麼簡單。多數家庭和企業都這麼做，至少他們以此爲目標，然而政府不是這樣，他們都花太多錢、借太多錢，也浪費太多錢了。」

「難道他們不用還錢嗎？」西奧問。

「理論上，要還，現在看起來卻是把債務留給下一代。我們這一代基本上已經讓政府破產，結果變成下一代的你們要償還。」

「天啊，眞謝謝你們。」

「不客氣。」布恩先生塞了半個雞蛋捲到嘴裡，因爲忙著咀嚼食物，就能避免講話。好在州長已經走了，下一則新聞是關於斯托騰學院的一名教授對校園裡工友的低薪感到不滿，他規劃了一場在行政大樓前進行的抗議活動，抗議的人看來全都是工友。這位教授留著灰白長髮，戴著耳環，說話的聲音很尖銳。

「瘋老衛。」布恩先生說：「眞是個小丑。」

「他是誰？」西奧問。

「這一帶優秀的行動劇演員。他在學院裡教俄國歷史，自以爲是共產黨員，老是興風作浪、製造麻煩，至少他一直想這麼做。」

布恩太太當然不打算附和，她說：「其實他在許多訴求上都是很有成效的社運人士。」

「什麼是社運人士？」西奧問，他拒絕讓一個生字就這麼意義不明地離開。

布恩太太想了一下，然後說：「社運人士對某個議題，或某些議題有強烈的觀感，而且願意努力促使改變發生。伍茲你說呢？」

伍茲點點頭，然後說：「嗯，差不多是這樣。我補充一下，社運人士通常活躍於各種議題的前線，幾個老面孔會一而再、再而三地出現。」

「應該是這樣。」她說。

法官盯著布恩先生原本兩個剩一個的雞蛋捲看，但牠知道機會渺茫，轉而走到廚房喝水再回到起居室，大剌剌地坐在布恩先生面前，繼續緊盯著雞蛋捲。

「法官，走開！」布恩先生說。

「爸，牠很愛吃雞蛋捲。」西奧說。

「我也是，而且我沒心情分給牠。」

「牠不該吃中華料理。」布恩太太說，幾乎每次西奧開始丟食物給法官時，她都會這麼說。布恩夫婦都覺得拿餐桌上的東西餵狗很不明智，他們常常這麼說；告訴西奧不要這麼做的同時，其實他們也知道西奧並沒有聽話。布恩先生自己也老是掉點食物渣在地上，布恩太太看到總是說：「伍茲，不要餵狗。」而儘管伍茲自己隨心所欲地餵狗，第二天他還是會跟西奧說：「西奧，不要餵狗。」

奇怪的行爲。西奧時常對他父母所說的話和所做的事感到困惑。舉個例子，每天晚上九點左右，他父母不是在看書，就是在廚房溜達，布恩太太會說：「伍茲，輪到你煮咖啡嘍。」每天晚餐後，布恩先生會去磨咖啡豆、倒水、調整自動咖啡機的刻度，準備好一切，這樣隔天早上六點就會自動煮出第一壺咖啡。夫婦倆喜歡聞著咖啡香醒來，雖然布恩太太其實喝很少，但布恩先生熱愛咖啡因，因此他每晚會愉快地進行「煮咖啡」儀式，這是他不願意跟別人分享的工作，咖啡豆必須適量，水必須剛好在某個高度，濾紙的種類也很重要，諸如此類。然而布恩太太每晚還是覺得應該提醒她老公，而他的回應總是如此：「好的，親愛的，我馬上去準備。」

布恩太太不願意自己倒垃圾，那是布恩先生的事，更常是西奧的事。倒垃圾沒什麼大不了，西奧一點也不介意。不過因爲某種理由或習慣（西奧相信他爸媽也無法解釋爲什麼），每週大概有兩次，他爸爸會問：「親愛的，你拿垃圾出去了嗎？」而布恩太太每次都回答：「沒有啊，我剛塗好指甲油呢。」

不論是媽媽的指甲油，還是她多久擦一次，西奧統統沒興趣，但媽媽每週五上午都會到一家沙龍做指甲，這他敢肯定。因爲每次西奧看到的時候，媽媽的指甲總是很漂亮。

爲什麼他父母要做這些怪事？西奧鮮少把問題吞回去，但他有種預感，有些問題最好別問，或許有些問題也沒有答案。他也懷疑結婚的人會陷入某些例行公事，太常去做某些事而沒注意到自己在做什麼。

他在思索這些問題時，媽媽問：「西奧，你功課做完了嗎？」又來了，西奧每天晚上至少被問兩次，通常爸爸媽媽各一次。他們要求他每天下午在辦公室就把功課寫完，不要帶回家做。西奧是個好學生，通常只要大約一到一個半小時，他就能把功課完成，要是還寫不完，則會在隔天的自習時間解決掉。

「是的，夫人。」他說：「都做完了。」

「下次辯論比賽是什麼時候？」她問。

「我不確定。」

「下次我一定不會錯過，西奧，我保證。」

「你想看今天的辯論嗎？我有錄影ＤＶＤ。」

布恩太太臉上泛起微笑，放下筷子。「太棒了，西奧！趕快放來看。」

「好主意。」布恩先生說，急著逃離公路的話題。

西奧從袋子裡拿出ＤＶＤ，放進機器裡。接下來的一個鐘頭，他們觀賞西奧、喬伊和艾倫大戰中央隊，辯論非法勞工子女進入公立大學就讀的利弊，布恩太太忍不住一直微笑，西奧的父母都好驕傲，西奧不得不承認那是一場絕佳的演出。

連法官也貼著螢幕，想不透西奧爲什麼能同時出現在兩個地方。

第5章

盧威格少校管理童軍一四四〇小隊的方式，像是在管理即將出征的海軍精英。他期待他將近四十名的童軍每個月參加兩次會議，不只要做好準備前來，他也期待他們穿著正式的制服。少校領導他們，催促他們，也鼓勵他們，偶爾還需要教訓他們。他的吼叫聲比攻擊還可怕，但他的內心並不如外表強硬。男孩們極爲崇拜他，因此不想讓他失望，西奧擔任小隊成員已經兩年了，眼看即將晉級鷹級童軍，少校在後面緊緊的催促著。

除非當天的任務包括露營旅行，不然小隊會議都在每個月的第一和第三個星期二下午四點整召開。少校堅信，童軍屬於樹林，應該盡可能地待在那裡。每個月他會規劃一次週末旅行，星期五放學後就馬上出發，愈早愈好，直到星期日下午才回來。露營旅行前的每週四，他們會碰面決定一些細節，並聽取少校的最後指示。

西奧爲露營旅行而活。他爸爸不熱愛戶外活動，而童軍偵查讓西奧有機會露營、登山、釣魚，學習戶外生活技巧，沉浸在大自然裡。他父母也鼓勵他這麼做，因爲他是獨生子。或許正因如此，他在分享方面需要一些幫助，同時學習團隊合作、紀律和組織的優點。

這個週末小隊要前往馬羅湖，是他們最愛的地方。那座人工湖被陡峭的山丘圍繞，距離斯托騰堡約兩個小時車程。少校一直在尋找新的露營區，小隊也因此跑了很多地方，但馬羅湖感覺就像家一樣。週四的行前會議上，盧威格少校宣布會議開始，口頭走過一次流程後，再跟小組長們開會。目前一四四〇小隊裡有五個小組，分別是美洲豹、響尾蛇、森林保護員、疣豬和獵鷹，每組都有七到八個男孩。西奧是獵鷹組組長，他的責任是確認帳棚和設備無誤，還有最重要的食物，要足以應付週末所需；他分派任務給大家，包括烹煮食物、打掃清潔、營火管制、野地廁所管理、柴火供應和一堆別的事。

少校審核菜單和工作分配表後，跟大家討論週末預定的活動。行前會議比其他會議刺激得多，這群男孩已經準備好要出發了。他們比平時喧鬧，想要遵守少校的命令也異常困難。到了五點半，少校宣布休會，告訴他們可以走了。

由於少校期待完美的出席紀錄，西奧從未缺席，另一個和西奧同校，同樣是八年級的學生哈迪．昆恩也是。哈迪在外頭的腳踏車停車處攔住西奧。

「嘿，西奧。」哈迪悄聲說，眼神掃射四周以確認旁邊沒人。「你有時間嗎？」

「當然。」西奧說：「什麼事？」

「你很懂法律，對不對？」

「當然懂一些皮毛，我爸媽是律師，他們准許我在事務所裡溜達，我想不知不覺間我就學到了一些。」

「跟我聽說的一樣。」哈迪再往四周瞥了一眼，彷彿他有個讓人羞愧的祕密。西奧一天到晚遇到這種事，學校的朋友或是朋友的朋友會來找他傾訴一些不光彩的事，他們在腦海中努力搜尋正確用字以形容某個法律問題，希望西奧能幫忙分析目前狀況、提供建議，而西奧總是很樂意幫忙，尤其是像哈迪這樣的好孩子。根據少校的計畫，再過一年左右，這兩個男孩將會晉升爲鷹級童軍。西奧目前已取得二十三枚功績勳章，哈迪有二十四枚；西奧是獵鷹組組長，哈迪則是美洲豹組組長。

「總之，」哈迪說：「斯托騰堡的支道建案，你聽說了嗎？」

「聽說了，在昨天晚上的新聞節目。」

「嗯，我爺爺奶奶昨天收到一封郵件通知，上面說爲了興建支道，政府計畫徵收我家在紅溪附近的土地。早在一八六〇年代，某位高祖父買下那塊一百公頃的土地以來，那裡一直是我們的家族農場。現在政府說要奪走那塊地，把它變成大馬路。」

「這種事常常發生。」西奧說：「這叫做土地徵收權。」

另外兩名童軍走來牽車，哈迪見狀立刻沉默。幾秒後，西奧說：「這是你的車嗎？」

「對。」

「好，那我們去我的辦公室，那裡可以談事情。」

十分鐘內，兩個男孩騎著車在斯托騰堡安靜又陰涼的街道間飛馳，最後終於抵達布恩&布恩事務所後方的碎石停車場。他們從小小的後門進入西奧辦公室，法官正在桌子下睡覺，但一看到西奧他們，馬上就變得活蹦亂跳，西奧只得停下來摸牠的頭。「牠叫法官。」他說，哈迪也開始摸法官的頭。

「在這裡等著。」西奧說，哈迪坐了下來。因爲已經快六點，事務所現在很安靜，律師助理文森和房地產祕書陶樂絲都已經回家了，前台的艾莎也走了。布恩太太關著門在辦公室裡，顯然她正在跟客戶談事情；布恩先生的休旅車不在停車場，所以他大概也不在。

西奧走進他最喜歡的地方，大會議室的牆面上擺滿了厚重的書，一張長長的桃花心木桌占據中間位置，十多張皮椅靠在桌邊。這裡可用來進行各種重要會議，同時也是這間事務所的圖書館。西奧知道書架上很多法律用書，儘管看起來氣派，卻已經很多年沒人碰了，但它們看起來還是很厲害。西奧帶哈迪過來，兩人在皮椅上坐下，法官也在不遠處待著。

哈迪驚奇地看著牆面和長桌，然後說：「哇，西奧，這裡好酷。」

「律師們不在的時候，我喜歡在這裡做事。」

「你爸媽不介意嗎？」哈迪不安地問。

「一點也不會，放輕鬆，這只是法律事務所。」

「你說得容易，西奧，但我從沒去過任何法律事務所。我爸是牧師，我爸爸的爸爸也是。」

西奧在某次童軍活動見過查爾斯．昆恩牧師，覺得這個人很酷。「別緊張，哈迪，雖然現在你來到貨眞價實的法律事務所，但我不是眞的律師，無法起訴任何人。」

「謝謝你告訴我。我並不打算要雇用律師，只是在尋找法律資訊，我確定我爸媽一定會找律師談談，就快了，只不過我們現在很害怕。」

「好啊。」西奧說，回到主題。「土地徵收是個古老的法律概念，一直存在於法律書籍。意思是，如果政府能證明他們需要這塊地，就有權強制徵收，政府必須以公平的價格支付地主，但地主無法阻止政府取得土地。」

「太可惡了，這種法律是誰想出來的？」

「英國的某人，在很久很久以前。其實這並非惡法，如果政府需要時卻無法取得土地，那麼什麼建設都蓋不成了。想想看，公路、橋梁、水壩、公園、湖泊……如果一兩個地主拒絕讓出土地，哪一個方案都實行不了。」

「你不懂，西奧，我祖父母都在農場裡生活，他們住在一幢古老的大型木造白屋，放假的時候我們都一起聚在那裡。我和我的堂兄弟姊妹們在那裡度過無數的夜晚，蓋了好多樹屋、堡壘，玩吊鋼索、單車特技，你想得到的都有。屋子前有一個長長的院子，我們在那裡玩美式橄欖球、棒球、飛盤、高爾夫球、足球、長曲棍球，你說得出來的都有。那裡還有兩個池塘，滿滿的魚，我們怎麼抓都抓不完，冬天甚至還曾經在前面的池塘冰釣，等到夠冷的時候，我們就在結凍的池塘上玩曲棍球。屋子附近有個穀倉，我爺爺在那裡養了兩匹小馬，貝兒和黛西，還有一匹叫船長的馬，從我會走路以來，就常常騎馬。」

哈迪手肘頂著桌面，身體向前傾，雙手不停揮舞。他的聲音愈來愈大，還有點顫抖，西奧一度以為他會哽咽、開始哭泣，但他繼續說：「那裡有個地方我們叫做營區，就在紅溪岸邊，某個河灣裡，我們家族的每個人，不論男女，在五歲生日那天，都能夠在那裡露營。這是一種家族儀式，我爸爸和叔叔搭起帳篷後，我們這些較年長的堂兄弟姊妹同時現身，然後連開兩天家族生日派對，我們用木柴升火煮東西，圍著營火說故事。傑克叔叔講的鬼故事會讓人嚇得不敢呼吸；亨利叔叔認識天上的每一顆星，我們就那樣躺著看各個星座，一看就是好幾個小時。我的第一個功績勛章是天文學，因為我從出生就在學這些東西。」

哈迪停下來喘口氣，接著緩緩地抹去一滴眼淚。「不好意思，西奧。」

「沒關係，哈迪，我懂。」

哈迪咬著嘴脣，繼續說：「我爸爸和爺爺希望我們懂得珍惜大自然、尊重土地，所以帶著我們去打獵和釣魚，直到現在還會。我八歲的時候捕殺了第一頭鹿，然後我看著爸爸清理屍體，取出鹿肉做鹿肉香腸，帶去給庇護所的街友吃；我們從不只為了運動而殺生。我們從池塘和紅溪裡釣鱸魚、鯛魚、花鯽，我十歲就會處理魚、用平底鍋煎魚。那是我們的土地，西奧，誰也沒有權利奪走。」

不，他們有權利這麼做，西奧心想，但他沒說出來。

「從前門進來的車道旁有個糖楓樹林，林子中間是個墓園，木樁籬笆圍著一塊小小的方形地，那是昆恩家族的長眠之地，十多個小型墓碑整齊排列成好幾排，我的曾祖父母合葬在一起，他們的父母就在旁邊，還有姑姑和叔叔。艾德華·昆恩死於二次大戰，鮑伯和荷莉·昆恩，叔叔和姑婆，他們在一九八五年的一場車禍中喪生，遠在我們出生之前。只要在墓園走一圈，就好像重新經歷過我們家族的歷史。每年國慶日，我們會在農場上舉辦一次大型野炊，開始吃晚餐前，大家會帶著花走到墓園、放在墳上，表達敬意。我爸有個堂哥，丹尼爾·昆恩，退休後他的工作就是修剪草地和維護墓園。西奧，那墓園會變成什麼樣子？那些墳地呢？政府絕不可能奪走那塊地吧？那是不對的。」

西奧扭動了身體一下才說：「可能要研究一下，哈迪，我應該會和我爸討論，因為他是房地產律師，懂得很多關於土地徵收的事，不過我覺得可能不會有讓人滿意的答案，或者說，不會有你想要的答案。如果政府徵收了那塊地，那就是他們的財產，他們可以用推土機剷平一切。」

「那墓園怎麼辦，西奧？」

「我得問我爸才知道。」

哈迪坐著動也不動，好長一段時間，只是凝視著桌面，他的思緒飛到遙遠的地方。最後終於說：「那棟房子擁有一百五十年的歷史，我爸爸有兩個姊妹、兩個兄弟，因爲他是長子，我祖父母走了之後，就由他繼承房子；我也是長子，所以有一天我應該也會繼承那棟房子，這是家族傳統，順利地延續了很長一段時間。那是一幢很棒的房子，能住在那裡是一種榮譽，同時還得照顧農場，有很多事要忙。西奧，房子究竟會變得怎麼樣？」

西奧面對這些難以回答的問題，漸漸覺得有點疲乏。「我想我要問問我爸。」他說，儘管他已經猜到結果，但哈迪現在這麼難過，西奧不想讓情況變得更糟。政府拿走土地後，什麼都可以做。

哈迪繼續說：「我爸媽昨天晚餐都在討論那條支道的事。」

「我們家也是。」

「位於斯托騰堡北方和南方的某些貨運公司一直在推動這個案子，他們不想從拜兜街穿越市區，因爲那裡很容易堵車，他們認爲蓋一條環形道路能讓運送貨物變得更容易，對他們的生意有種種好處。他們送錢給政客們，州長也包括在內，因此這些政客動用他們的關係，導致現在政府要奪走我們的房子。」

「我想我媽會同意這個說法，我爸就不一定了。」

「還有那些地方的生意人，這條公路會讓他們大賺一筆。你想想看，西奧，兩億元就要花在斯托騰堡這裡，當然有很多人舉雙手贊成。」

「比如說呢？」

「比如建設公司啊、造橋公司啊、設備銷售人員，所有賣材料的公司都贊成。我爸說這些傢伙像瘋了似地支持這個建案，現在經濟不景氣，生意不好，突然來了一個超級大案子。我爸說這是典型的『豬肉騙局❶』，政客們為了爭取選票，生意人爭先恐後地賺進大把鈔票，而納稅人再度被劣質方案衍生的帳單淹沒。」

「什麼是豬肉？」西奧問。

「根據我爸的說法，政客從政府那裡拿到錢，用來爭取選票以保障他的地位，那種錢就是豬肉。有時候方案本身是不錯，但其實並不必要，現在『豬肉』在政治界是個負面用語，但政客們仍然追著肉跑，我爸說的。」

「我想我媽會同意你爸的說法。」

「我們該怎麼辦，西奧？」

「雇用一名真正的律師。土地徵收案會在法院裡進行審判，由法官決定不動產的價值。你們得找律師才行。」

「你覺得你媽媽會接這個案子嗎？」

「不會，她只接離婚案。」

「那你爸呢？」

「他不上法院。」

「你可以問問你爸媽，有沒有適合的律師嗎？」

「當然，我很樂意。」

哈迪緩緩起身。「西奧，謝謝你。」

「其實我沒幫上什麼忙。」

「你願意聽我說就很好了。」

西奧關上燈，他們離開會議室，法官一路跟著他們回西奧的辦公室，接著離開事務所。

❶原文「pork scam」，又稱「豬肉桶政治」或「政治分贓」，指的是議員在法案上附加對自己的支持者或親信有利的附加條款，形成一個龐大的利益結構，藉此吸票當選。

第6章

接著第二天早晨，週五的《斯托騰堡公報》頭版故事就是紅溪支道。西奧在廚房興致勃勃地看著這則報導，同時和法官一起吃牛奶穀片，準備開始新的一天，雖然今天和往常截然不同，今天是露營日。露營唯一的缺點就是狗不能參加，西奧和其他童軍問過少校能不能帶狗來，得到的答案都是否定的，少校說他要在樹林裡跟上五十個都市小孩已經夠艱難了，那時他最不需要的就是一群瘋狂奔跑的狗。

西奧雖然沒繼續爭論，但他認爲這有點不公平。法官是訓練有素的狗，叫牠來就來，叫牠坐下就坐下，叫牠翻滾就翻滾，從不曾亂跑，只要在外面，牠總是緊跟著西奧。如果能和這些男孩一起野營、圍繞在營火旁，和西奧一起睡在小帳篷，一起登山和游泳，法官肯定會喜歡的。不過少校說不的時候，凡事都沒得商量。

布恩先生已經出門了，他早上喜歡和咖啡俱樂部的朋友一起去市中心的餐車吃全麥烤吐司。布恩太太不愛吃早餐，她寧可穿著浴袍坐在起居室裡靜靜地看報。她接下來一整天都要說話說個不停，所以特別享受晨間的寧靜。但偶爾她會跟西奧一起待在廚房，就像今天，他們一起看報，因爲兒子即將出門過週末，她想多跟他說說話。

根據《斯托騰堡公報》報導，州長的宣告掀起風暴，許多團體紛紛發出不同的聲音，西耶拉俱樂部的環保人士、斯托騰環保議會以及諸多其他團體，嘶聲力竭地表達反對意見並威脅提出訴訟。支持商業發展的群眾則大力稱讚州長興建公路的決定，埋怨拜兜街的交通有多壅塞，會對城市帶來多大傷害。也有政府團體加入戰局，抗議這個方案根本不必要且過於浪費。數名地主因爲政府計畫奪走他們的財產而憤怒不已，但並未提及哈迪·昆恩家族。

這個州其它地方的人都來恭喜州長推動這個案子。南邊離斯托騰堡約一小時車程的魯溫斯堡市長表示，由於缺乏一條繞行斯托騰堡的公路，重要的「商業大道」爲之堵塞，進而危害魯溫斯堡的經濟發展。同樣在北邊的卡爾斯堡，某位州議員分析近年來有兩家工廠倒閉，都歸咎於斯托騰堡附近的貨運速度太慢。

輿論化爲文字的砲聲連連，西奧讀著讀著，漸漸明白興建支道與否的最後決定權在郡委員會手上，其成員共五人，分別從本郡的五個地區選出。其中兩名是有名的支持者，另外兩名還沒決定，還有一名尚未聯絡上。

公報的第二頁出現一張斯托騰郡的大幅地圖，中間還有城市廣場，七十五號公路是縱貫全州的主要四線道路，車流量很大，走到斯托騰堡北部時，就改叫拜兜街，這裡就是問題的開端。爲了避免斯托騰堡市裡最古老的街區過於擁擠，負責都市計畫的人已經幾乎將所有的新建設移至市區範圍之外。將近三十年來，購物中心、速食店、洗車場、汽車旅館、銀行行庫、大型日用品店、加油站等諸如此類的店家全擠在拜兜街兩側，拜兜街已經從四線道拓寬爲六線到現在的八線道，雖然車流量很大，但行車速度還在合理範圍內。這個策略奏效，斯托騰堡老街區仍然保有其魅力與個性，雖然不時會有人抱怨拜兜街很混亂，但公平來說，正是七十五號公路這段總長八公里的路段將主要大街的車流引開。

環形道路計畫由市區北邊開始，以半圓形路徑避開大量車流，進入郊外，從傑克森小學的旁邊經過，然後穿過隔壁嶄新的足球運動中心，毀掉地方雖小卻有兩百年歷史的路德教派聖安德魯教堂。五十五戶人家的土地以及十幾個農場（包括昆恩家）會被徵收，另外四百戶則是房價下跌。那裡有一條長約二十四公里的紅溪步道，供民眾以健行或騎單車的方式穿梭在斯托騰堡的群山間，廣受歡迎卻將被破壞。這條路還會兩度穿越紅溪。

贊成興建公路的一派聲稱，如此就能舒緩拜兜街交通堵塞的問題，一天將分散二萬至二萬五千輛車。

眞是亂七八糟，西奧心想，他把剩下的牛奶穀片吃完。不過因爲今天是星期五，是否該興建支道都不關西奧的事，他要出門去露營，其他什麼都不重要。

「你怎麼計畫今天？」他媽媽問。西奧正在水槽洗裝穀片的兩個碗。

「三點半放學後，我會衝回家拿東西，行李都整理好了，有衣服、睡袋、牙刷等等，我四點會在這裡等著，你再送我去退伍軍人之家。」

「聽起來不錯。去刷牙吧。」她每天早上都這麼說。

西奧跑上樓，到他的浴室裡把水轉開一會，但沒刷牙，然後一把抓著背包回到廚房。

「你有錢買午餐嗎？」她問。每週五天，每個早晨都是同樣的問題。

「一直都有。」

「那功課做完了嗎？」

「做得超完美，媽。」西奧半個身子已經在門外。

「小心點，西奧，還有要記得微笑。」

「我正在笑呢，媽。」

「愛你唷，泰迪。」

「我也愛你。」他說，隨即關上大門。法官跟著他走到車庫外，西奧抓抓牠的頭道別，接著跳上腳踏車出發。其實西奧並沒有微笑，戴著全八年級生中最厚的牙套，他迫切地想擺脫它，或許下個月吧，他的牙齒矯正醫師老是這麼說。他喃喃唸著「泰迪」，感謝老天，他的朋友們都不知道這個名字，那是他的小名，只有媽媽一直這麼叫他，甚至連爸爸都已經改叫他「西奧」，偶爾要說教的時候則叫他「西奧多」。西奧騎著腳踏車，飛快地前進。泰迪這個小名一旦傳到他朋友的耳朵裡，不知道會被怎麼取笑，他想都不敢想。十三歲男孩取綽號可是很殘酷的，到目前爲止，西奧成功地避免被貼上任何不好的標籤。佛列德．賈斯伯皮膚很白，臉上有雀斑，因此被叫做「雀斑」，久而久之，他的名字就是雀斑了。雀斑最要好的朋友布蘭登．泰勒在十歲的時候用牛排刀解剖了一隻牛蛙，因而以「青蛙」聞名。雀斑和青蛙從此形影不離。可憐的史考特．巴特❷有個不幸的姓氏，各式各樣有顏色且通常沒品味的綽號和笑話隨之而起。沒錯，幾乎每個八年級男生都有除了姓名以外的稱呼。

西奧對媽媽說過不要叫他泰迪，有一部分是怕被別人聽到，但媽媽總是淡淡笑著，似乎只把它當作微不足道的小事。她把西奧帶到這個世界上，比誰都愛他，既然泰迪是用來呼喚兒子的第一個名字，爲何不能用一輩子？不過她願意保守祕密，西奧希望如此。

西奧對陽台上的納涅瑞先生微笑並揮手致意。這個小老頭很厲害，能坐在那裡動也不動長達數小時。外面空氣清新又涼爽，氣象報告說這個週末天氣很完美，沒有下雨的跡象。上個月他們小隊在某個國家公園裡的印地安土塚間紮營，連續下了三天雨，還是玩得不錯，只不過營地變得泥濘不堪，營火也點不起來，食物都溼透了沒戲唱，每個人都淋得像落湯雞，然後回家的時間就到了。

這輛巴士原本漆成正黃色，接送孩子上下學，現在則是鑲著白邊的墨綠色；車子兩側都以粗體字寫著：童軍一四四〇小隊——斯托騰堡老布拉夫理事會。車上坐著三十八名童軍，整齊一致地穿著制服，全員無比興奮，因爲他們即將離開家、離開城市。盧威格少校負責掌舵，無疑地是這幫人的領袖。他點名完畢、關上車門後，歡呼聲響徹車廂。此時幾乎已經週五下午四點半，而前往馬羅湖的車程約兩小時，後車廂塞了一座小山似的露營配備，在少校監督下整齊擺放著。少校後面坐著三個大人，他們是幾個受徵召來幫忙這次週末野營的父親，被稱爲「老山羊組」，他們就著紙杯啜飲咖啡，談笑風生，看起來和整車的男孩們一樣興奮。大巴士蜿蜒繞行斯托騰堡的老街，然後朝西進入郊區，隨著車流變少，里程數慢慢增加，大家的興奮之情趨緩。好幾名童軍開始打瞌睡，還有的在玩電動，一兩個在看書。西奧從車窗凝視外面，一陣微風輕拂他的臉，此時哈迪．昆恩突然和別人換坐位，在他身旁坐下。

哈迪低聲說：「我們全家族的人昨天晚上在農場開會，每個人都好難過，西奧。」

西奧也低聲回道：「跟律師談過了嗎？」

「嗯，我爸昨天和律師談了很久，那個人講的話和你說的一樣，如果政府想拿走我們的土地，他們就能這麼做，當然會付我們錢，但只要有土地徵收規定，政府就可以隨心所欲。」

西奧搖搖頭。哈迪繼續說：「我可憐的爺爺奶奶好傷心，他們已經結婚五十五年，一直都住在同一個地方，就是那座農場，如果他們被逼著離開，一定會要了他們的命。他們倆昨晚都哭了，好慘。他們不在乎錢，不想要政府的支票，只想保住他們的財產，那不只是一塊

❷巴特（Butt）的諧音是屁股（butt）。

地，西奧，你知道的。」

西奧默不作聲，彷彿他知道得一清二楚。哈迪說：「我們得想辦法反抗，西奧。」

西奧不知道他什麼時候加入了反對陣營。「你的意思是？」

「我爸說，這是純粹的政治角力。郡委員會有五名成員，他們有權決定支道的興建與否，我們這些反對的人應該集結組織起來，然後說服委員會這是個壞主意。我爸和我叔叔正在以最快速度把事情組織起來，他們認爲如果童軍團參加可能會更好。」

「爲什麼？」

「因爲那條公路可能會對環境造成極大傷害。都市飲用水全來自紅溪，沒人知道那條路對河川的影響會有多大，再加上巨大的車流將經過傑克森小學，想像一下汽車產生的噪音和廢氣，情況極可能糟透了。我們去向少校提議，讓小隊成員參與反對方案如何？」

「我不知道少校會不會想涉入地方政治。」

哈迪思索半晌，然後說：「我想我們應該在這個週末和他談，找個安靜的時間點，衝過去跟他說。不會有什麼損失的。」

「讓我想一想。」西奧說。哈迪在這種興奮的時刻提起這麼令人不悅的議題，西奧其實有點不高興，但他決定不跟哈迪計較。西奧試著想像政府爲了建一條林蔭大道，用推土機將布恩家和臨近街坊全部剷平，要是這樣他怎麼可能不生氣。

第7章

看到馬羅湖的第一眼，總是讓人雀躍不已，巴士上的每個人都在期待。從這條公路旁可瞥見陡峭的山坡，一路向下，美麗的藍色湖水倏地躍然眼前，寬度約一點六公里；湖水往兩旁彷彿無窮盡地展開，東邊一座土壩將河水攔住。因爲這裡是國家公園，岸邊沒有任何人工建設，沒有房屋、公寓、碼頭或其他雜亂痕跡；岸邊羅列著狹窄的沙灘、尖起的岩岸以及一個個彼此獨立的湖灣。這裡是他們童軍小隊在週末玩到忘我的理想地點。

湖邊有十幾個露營區，種類各有不同，從比較高級的營地，有石板、水溝以及休閒交通工具的充電設備，到藏在遙遠湖岸的原始營地都有。在少校領軍下，一四四〇小隊總是去同一個叫做艾寧岬的地方，遠離水壩與其它文明地。

幾個月前，西奧就得到了露營勛章，但條件之一是要寫野營日誌，他前一天晚上已經檢查過。在他成爲童子軍的兩年時光中，他已經在馬羅湖畔待過二十一個夜晚。天氣好的時候，睡在外面仰望星星；又溼又冷的時候，就待在他的小帳篷裡。上一個夏天，他們連續在這裡野營七天，好幾位爸爸們，包括布恩先生，都帶了大量的食物和補給品，那眞是神奇的七天，最後西奧還為了冒險結束而悵然若失了好一陣子。

到現在他還是常常夢見那段日子。在學校過了沉悶單調的一天後，他從窗戶往外看，望著遠方的山麓，就想起那些無憂無慮的神奇時光。他和他的童軍夥伴們一起沿著湖邊健行、背著背包四處漫遊、研究自然。他們在水裡待了好幾個小時，為了得到游泳勳章、划船勳章和救生員勳章努力練習。少校白天開設急救課和烹飪課，晚上則是天文課，雖然是慵懶的日子，少校總是催促著男孩們去學習、完成更多事。一級童軍被催著晉級星級、生命級，然後鷹級。目前童軍手冊上約有一百二十個勳章。「還沒拿到六十個之前絕對不能停手。」少校最喜歡這麼說。六十個功績勳章？這怎麼可能。楚門是十五歲的鷹童軍，擔任疣豬組組長已三年，他也是整個小隊最優秀的童軍，已經取得四十七個功績勳章，他的勳章背帶別著這麼多勳章顯得有點沉，也是小隊裡所有人羨慕的對象，但少校還是委婉地鞭策他做得更好。

西奧已經決定除了律師和法官之外，他最想當童軍團長，儘管他知道這份工作沒有收入，他心想如果少校可以辦到，而且做得這麼好，那麼他也可以試試看。

巴士在碎石子路上顛簸前行，速度緩慢地爬上爬下，山丘上覆蓋著蓊鬱的樹木和灌叢。他們遠離文明世界後，從看到湖水第一眼到抵達艾寧岬通常需要三十分鐘，漸漸地，碎石地變成沙土地。西奧不禁想起某次野營探險，暴雨將路面沖刷毀損，整個小隊因此被困住而多待了一天，也是在那次出遊時，大部分小型帳篷都跟著土石流滑到山下，於是男孩們趕緊跑上巴士以免受凍。當時那是個夢魘，現在卻成爲大家津津樂道的故事。

幸運的是，艾寧岬是個荒廢的營區，沒有別人來露營。他們小隊預訂了很大一塊區域，因爲萬一有其他人來露營，通常會讓事情變得複雜。少校和五個小組組長聚在一起，設置好營地位置，在三十八名童軍手忙腳亂下，沒多久帳篷和補給品便迅速地從巴士卸下。再過一小時，天就要黑了，小組組長一如往常，希望在那之前搭好帳篷。一切準備就緒，而食物也已放上烤架。中央營火四周，五個小組的帳篷整齊劃一地排成五排，就像輪子的一根根輻條，每個雙人帳篷外觀都一模一樣，間隔也同樣是一點二公尺。嚴謹的組織是少校的信仰，他期待營地的一切完美無缺。

西奧和其他各位組長分別看過勤務表後，開始分配工作。星期五的晚餐總是匆匆結束，天黑時，男孩們已經個個包得緊緊的坐在營火旁，大嚼熱狗以及用炭火烤過的棉花糖。老山羊組的班尼特先生抽菸斗，因此營地裡繚繞著香氣。艾爾的爸爸哈格恩先生開始說鬼故事，說得繪聲繪影，到了第三個故事，他詳盡地描述一個無頭執斧殺人魔最後一個出沒地點正是馬羅湖畔某處，原本坐在一起的男孩們靠得更緊了。小隊的老規矩是讓爸爸們負責怪奇誇大的故事，跟營火搭配自然剛剛好，想當然耳，目的是要讓這幫童軍愈害怕愈好。

最受歡迎的晚間健行路徑是沿著湖邊的那條石頭路走。吃完晚餐、聽完鬼故事後，大家取出手電筒，跟隨少校開始夜遊，路程雖長，但氣氛輕鬆。走到一處湖水拍打的沙岸，他們抬頭向上看，天空掛著半月，雲朵擋住了絕大多數的星光，少校說他們隔天可以再試試看。晚上十點，他們已經歸營，準備就寢。

頭一個夜晚總是讓人輾轉反側，想到自己離家這麼遠，卻在那麼暖和的睡袋裡、在帳篷裡，卻也是樹林裡，四周傳來蟋蟀鳴聲、野鹿噴氣聲以及青蛙嘓嘓叫。西奧和伍迪聊著天，聽著別的帳篷傳來的模糊對話聲，還有男人的聲音，那是他們老山羊組在營火旁談天說笑。少校每半個小時在營地巡邏一次，告誡男孩們別再聊天、快點睡覺。最後他們總算睡著了。

西奧很早就醒了，慢慢從睡袋滑出來，一邊穿上他的健行鞋，一邊怕吵醒睡得像死豬的伍迪。他好不容易才從帳篷裡爬出來，天剛濛濛亮，外面的空氣又冷又乾，山羊組的大人在熊熊的營火旁邊喝咖啡，少校在烤架上熱著一壺熱可可，他伸手倒了一杯給西奧。在戶外喝起來爲什麼就是特別好喝呢？其他童軍搖搖晃晃地爬起來，揉著惺忪的雙眼，完全沒注意自己的一頭亂髮，但身爲男孩，誰在乎啊？他們的媽媽和姊妹都遠在天邊，外觀和衛生一點都不重要，尤其是在外露營的時候。回家之前，他們並不打算刷牙或洗澡，就算少校會提醒他們這些事的必要。

小隊的成員一個個醒來，愈來愈多討論早餐的聲音，過不久空氣中就瀰漫著煎培根的香味。獵鷹組當中，組長西奧已取得烹飪勛章，目前正在協助菲利浦達成此一目標。本週末菲利浦負責八名獵鷹童軍的伙食，他已經擬定詳細菜單，星期六吃炒蛋、香腸和平底鍋烤出來的吐司抹果醬。菲利浦以小火烹調，西奧在一旁監督，其他成員負責在附近尋找柴火，其間少校經過，親切地提醒他們衛生的重要。

吃完早餐並收拾完畢後，整個小隊分成三組，鷹童軍楚門帶領另外五人挑戰約三十四公里的越野健行，他們的目標是取得健行勛章；十六歲的蓋文同樣是鷹童軍，也是全隊最年長的，他帶著另外三人分別坐上兩艘獨木舟來回橫越馬羅湖，預計八小時內完成；其他童軍則學習關於露營、急救、釣魚以及大自然的知識。

哈迪事先已向少校說明，西奧和他需要一點時間跟他單獨談談。在某個活動空檔，他們三人悄悄離開營地，步行約十分鐘，接著爬上小山丘，終於找到一塊僻靜的岩石平台，眺望大湖。分秒必爭，哈迪劈頭就簡述了一段家族史，並情感澎湃地說明那塊土地對他的意義重大；他解釋興建支道會摧毀農場以及大半家族歷史，他的祖父母將被逼著離開家園。他主張童軍有義務保護大自然和戶外空間，整本童軍手冊也是不停宣導保育和保護環境的概念，他希望他們整個小隊，還有斯托騰堡的其他兩個童軍小隊，組織起來一起反對興建支道。

西奧只是默默聽著，必要時點點頭。他看得出來，哈迪那誠意滿滿的訴求並沒有打動少校，他說明完畢後，少校說：「我了解你的心情，但這並不適合童軍。根據我讀到和聽到的消息，都是政客在打得你死我活。政府希望興建支道，斯托騰堡南邊和北邊都有些州議員贊成；我們的地方領袖還沒拿定主意，但他們遲早要被逼著做決定。」

「可是他們大錯特錯，而且這樣太不公平了！」哈迪很堅持。「政府怎麼能爲了一個糟糕的計畫奪走你的家園？」

少校微笑，伸手一指。「你看看這座美麗的湖泊，哈迪，它是自然的產物嗎？不，它不是。」他指向另一個地方，大約是湖心地帶。「那裡是湖的中央，深度約六十公尺，原本那裡有個非常小的小鎮，叫做冷水鎮，艾寧河流經小鎮中心，大概每五年河水水位會一而再、再而三地上漲，終究導致水患，受影響的不只是冷水鎮。那條河的歷史惡名昭彰，大水會淹沒整個河谷，影響範圍長達數公里，農人和地主因而失去農作物、家園，生意也做不下去。最後，大概六十年前，政府決定建造一座水壩以馴服這條河流，避免水患發生，他們創造出這座湖泊，而賀伯．馬羅是當時的州長。」少校手指遠方幾乎難以辨識的水壩。「猜猜看當時大家的反應，很多住在這一帶的人不想放棄他們的土地，即使鬧水災、即使有一百個理由，他們還是拚死反對這個計畫，雇用律師告上法院，無所不用其極地阻止水壩興建，前後花了好多年的時間。你聽過『土地徵收』嗎？」

「西奧解釋給我聽過。」哈迪回答。

「若是沒有土地徵收權，政府當初也無法建造這座湖。只要有一個地主不同意，整個計畫就必須擱置，水患也會繼續發生；若是沒有土地徵收權，也就不會有水壩、湖泊、公路、國家公園、港口和很多很多建設，哈迪。你因土地徵收而受害，當然會很不愉快，但是對整體社會而言，那是不可或缺的權利。」

「但水壩是必要的，支道並不是。」

「有人覺得它是，現在已經漸漸演變成一場惡鬥，我們童軍無權干涉。如果你覺得那是錯誤的決定，就盡全力去抗爭，參與其中。報紙上說已經有好幾個反對團體集結，你可以盡你一己之力，但別拉著童軍小隊一起。」

西奧對少校的立場並不感到驚訝，那是政治沙場，沒有童軍立足之地。他們走回營地，那裡正要舉辦長泳活動。

第8章

午餐後，獵鷹組離開營地，前往柴契山。這段健行是很好的休息活動，消磨大部分的下午時光。柴契山一點都不像真正的山，反而比較像是一個較高的山丘，山頂堆積著一些巨石，那裡樹林茂密，步道眾多，很適合四處冒險，而且據說有大量的銅斑蛇。西奧和其他獵鷹組成員，沒人見過銅斑蛇、響尾蛇，或其他毒蛇，但人在深山裡，什麼時候遇到也說不準。四個月前，疣豬組的艾爾．哈葛恩在柴契山山頂附近目擊一條銅斑蛇，這件事讓整個小隊興奮不已。在那個狂喜的瞬間，艾爾用手機拍了張照片，上傳到臉書，結果斯托騰堡馬上就有一半以上的孩子都看過那條蛇。目擊的那一刻，長約六十公分的牠正平靜地享受著日光浴，然而二十四小時之後，牠在艾爾口中變成「巨大的蛇，有強烈攻擊性」，而且他是運氣好才逃過一劫。

獵鷹組大步走出營地，八個人都背著背包，裡面裝了水、餅乾和急救箱。敵人在那裡等著，而獵鷹們也都準備好迎戰了。少校警告他們要小心，指定他們四點整歸營，他腰帶上夾著一個無線電對講機，每個小時都要收到回報。

山上的蛇不曉得是躲起來了，還是太害怕，不敢攻擊獵鷹們，於是這次健行沒有什麼驚險橋段。爬到山頂後，西奧和他的組員坐在大石塊上吃起司脆餅，俯視下方綺麗的湖泊。西奧扮演智慧老人和歷史學家，告訴大家冷水鎮和水患的故事，說那個小鎮仍然在六十公尺深的水底，一整個鎮如何就此被淹沒。伍迪說他騙人，他們先是爭論，然後開始吵架，最後決定打賭一美元。西奧恨不得趕快回到營地請少校證實他的話。

下山時，西奧在前面領隊，組裡有幾個人落後，慵懶的下午因波西一聲尖叫，忽然變得緊張刺激。「銅斑蛇！」

每個童軍組裡至少會有一個小子總是把事情搞砸。這小子忘記將襪子和內衣打包；這小子將飲水機踢翻；這小子忘了帶手電筒和衛生紙；這小子半夜突然很害怕；這小子噁心想吐，就吐在帳篷附近；這小子尿尿在帳篷附近；這小子讓煎餅燒焦；這小子不洗餐具；這小子總是腿軟，想前進卻不夠聰明；這小子只要用激將法，就什麼都做得出來；這小子爲了證明自己很酷或很勇敢，他什麼都敢做。

還有，這小子以爲銅斑蛇是可以玩的東西。

獵鷹組裡的那個小子，就是波西。

靠近懸崖邊的一塊石板上，的確有一條銅斑蛇，又粗又長，雙方相遇的瞬間彷彿時間凝結，蛇怒視著人類，而男孩們也瞪大眼睛看著牠。八名童軍立刻形成一個半圓，難以置信地看著那致命的生物。在此之前，牠只存在於彩色印刷的自然書籍裡，而現實中牠看起來比書上更危險。但危險歸危險，這條蛇的顏色和紋路格外顯著，是一種很亮的銅色，閃爍的光澤在太陽下彷彿在發光。

蛇離男孩們約有三點五公尺遠，在安全距離之外，而且看起來沒有攻擊跡象，他們也無意向前逼近，至少那一刻是這樣。西奧知道大家應該撤離，淨空這塊地；他也知道身爲組長，命令組員迴避危險是他的責任。他都知道，卻無法將目光轉移。

「那眞的是銅斑蛇嗎？」有人問。

「當然是。」伍迪說：「看牠的顏色和紋路，還有三角形的頭部，毒液就在那裡。」伍迪養了好幾條蛇，是無毒的品種。對於爬蟲類，他比別人都懂，就算當時他們組裡還有幾位專家。

「以銅斑蛇來說，牠似乎偏大。」有人說。

的確如此。

「我想這是雄的。」另一個人補充。

「蛇不一定是這樣。」伍迪說：「要把牠抓起來看底部才知道。」

「我們把牠抓起來看看。」波西說。

「不可以。」西奧大叫。其實光想到要往蛇的方向前進，就讓每個人都倒退了一步。

僵局在沉默中持續了幾秒後，那條蛇或許察覺自己身在險境，緩緩地盤了起來，呈防衛（或攻擊？）姿勢，牠抬起頭彷彿已經準備好隨時出擊，滑溜溜的黑舌頭不停伸出。

「我的媽啊。」有人說。

「我們撤退吧。」

相反的，波西決定證明他的勇氣，或是愚昧，突然朝蛇那裡移動。他拿著他的棍子，是一截彎曲的樹枝，對著蛇猛然一戳。

「波西回來！」西奧大吼。

「你這白痴！」伍迪大吼。

菲利浦向前想抓住波西，波西卻拿著棍子向前一步，說時遲那時快，銅斑蛇咻地攻擊木棍，雖然沒中，但牠的敏捷相當驚人，連波西都頓了半秒。

接下來發生的事可能會引起好幾個月的辯論，留在大家的記憶裡好幾年。波西發誓，他最要好的朋友菲利浦不知怎麼絆倒他，波西因此往蛇的方向趴下，下場淒慘；菲利浦發誓，他是想抓住波西的肩膀攔住他，但波西已重心不穩，頓時向前撲倒。當時六名獵鷹童軍都盯著銅斑蛇看，他們也不確定是什麼導致波西撲向前，不過因爲知道他的個性，他們一直都是站在菲利浦這邊。

波西驚恐地大叫，先狠狠往地上撞去，接著滾到蛇旁邊，蛇的尖牙往他身上招呼時，只聽見一聲尖叫，那條銅斑蛇朝他右邊的小腿肚咬下，在膝蓋和腳踝中間。蛇攻擊的那一刻，波西趴在地上，手腳死命地掙扎想逃走，此時每個人都在驚慌失措地大叫。在那極度恐慌的瞬間，銅斑蛇沙沙地消失在兩塊岩石間。

波西和其他男孩一樣穿著短褲，才幾秒，他的右腿就腫了起來，足足有一顆網球這麼大。他哭天搶地，恐懼地扭動著身體。伍迪把他拖到草地上，其他男孩嚇呆了，圍在他身邊。這是所有童軍的夢，某人腿上一個眞實的、活生生的蛇咬傷痕，實在太酷了！

「做點什麼，西奧！」波西邊啜泣邊喊叫。「快！我快死了！」

西奧是他們組裡唯一有急救勳章的童軍，而且他還是組長，所有目光頓時都集中在他身上。他看著伍迪說：「最好跟少校報告。」伍迪身爲副組長，腰帶上隨時掛著無線電，他馬上通知營地，跟少校說這裡有人受傷了。

「我們該怎麼辦？」伍迪問。

少校透過無線電說：「你們在哪裡？」

「我們剛從山頂下來。」

「所以你在三公里外，我這就上路，讓西奧先處理傷口。」

「好。」

西奧已經打開他的急救箱。他有點緊張，聽到少校說「處理傷口」，他的胃抽痛了一下。

小柏是他們這組的丑角，他說：「蛇通常都是成對行動。」每個人一聽都嚇得不得了，他們慌亂地東張西望，什麼也沒看到，才又轉頭看波西。

西奧試著控制住局勢，他跪在波西的身旁說：「聽著，現在最要緊的是，你先躺下不要亂動，好嗎？」

波西又叫了一聲。他雙腿亂踢，因疼痛和害怕而不停扭動。「救救我，西奧，快救救我！」他尖叫。

「就叫你躺下，頭部抬高，你的頭要比被蛇咬到的地方高，知道嗎？」

波西似乎聽進去了，一度試著放鬆，用手肘支著頭，淚水不停地從臉頰滴下。

伍迪說：「你要切開蛇咬下的地方，然後把毒液吸出來，對吧，西奧？」

西奧說：「不對，處理蛇咬傷不是那樣。」

「是那樣沒錯！」伍迪很堅持。「我在YouTube上看到的。」

「我也看過。」菲利浦說：「更何況那是一條有很多毒液的大蛇，如果我們不趕快幫他吸出來，以後就只能截肢了。」

波西又哀號一聲。

「你們閉嘴好嗎？」西奧厲聲說。

奧立佛在西奧身邊跪下，一個專治蛇咬傷的急救箱已經打開，準備要派上用場。他說：

「聽著，西奧，我讀過說明書，上面明白指示，必須用這把小刀切開傷口。」他拿起小刀，雖然只有二點五公分長，卻突然顯得很巨大。奧立佛繼續說：「上面說要在兩個尖牙留下的洞劃個十字，然後置入吸管抽取毒液。」

「你乾脆先殺了我算了。」波西說，又哭了起來。

「那是古時候的辦法。」西奧說。

「但這個急救箱是全新的耶。」

「我不管。」

「我想你應該在傷口上方五公分的地方綁止血帶。」菲利浦發言，一副很想幫忙的樣子。

「還有誰想出餿主意？」西奧大叫。

奧立佛看著波西說：「聽著，波西，我認為應該要把毒液吸出來，但這是你的腿，你想怎麼樣？」

波西說：「我想如果由你們這些人做主，我應該死定了吧。」他閉上眼睛說：「欸，西奧，我漸漸覺得頭很暈。」

「退後。」西奧說，接著迅速地用消毒繃帶綁住傷口，用膠帶固定。波西還在啜泣，但已經不再亂踢亂動。西奧說：「接下來要這麼做，我們必須帶他回營地，然後送醫急救。先輕輕地抬著他往山下走，直到遇見少校，千萬不要讓傷口高於他的心臟。菲利浦，你走前面，看看有沒有蛇。」

奧立佛說：「我認爲我們應該把傷口切開，然後用吸盤把毒液弄出來，古時候是用嘴巴吸，吸的人要是有蛀牙，毒液會直接進入腦部，死得比被咬到的人還快。」

「請你閉嘴好嗎！」西奧再度厲聲說。

他們抬起波西，雙臂繞在伍迪和卡爾的脖子上，西奧保護著他受傷的腿，奧立佛負責另外一條腿。「現在放輕鬆。」西奧說：「我們得盡量讓他保持不動，否則毒液會經由血液循環得太快。波西，你可能會覺得噁心，如果需要吐就說，不要嚇我們，好嗎？」

「好。」波西的呼吸聲沉重，但已經停止哭泣，爲了避免看到自己的腿，他把眼睛閉上。那條腿愈來愈腫了。

他們沿著步道緩緩下山，病人感覺愈來愈重，每隔十分鐘，他們就停下來休息。西奧說：「跟我說話，波西，你必須保持清醒。」

「我還醒著。」他的聲音很虛弱。

「你覺得不舒服了嗎？」

「嗯，我的腿當然很不舒服。」

「我是說胃。」

「還沒。我要死了嗎，西奧？」

「不，只是銅斑蛇的關係，那不會致命，不過你會很不舒服。」

「那條蛇好大，對不對？」

「對，是條大蛇。」

「剛剛有人拍照嗎？」

童軍們面面相覷，這才發現他們被嚇得忘了拍照。「我想沒有。」西奧說。

「我應該打電話給我媽嗎？」波西問。

「我想少校會打電話。我們走。」

他們再次抬起波西，繼續往下走。看到少校出現在彎路上的時候，男孩們已經筋疲力竭，哈葛恩先生和班尼特先生也跟在一旁，此時波西還有意識，還在抱怨頭暈。他們將他移到靠近登船梯的小空地，讓他躺在一個野餐桌上，少校將繃帶打開好檢查傷口，他對腫脹的情形印象深刻。等待的時候，波西開始揉肚子，沒多久就吐了。

少校扶著他，在他的額頭和嘴巴上放一條溼毛巾，波西吐得愈來愈多，哭得愈來愈大聲，實在令人不忍卒睹。

最後，他們終於聽到直升機的聲音。

第9章

晚餐時，大家都很安靜，非常安靜，非常壓抑。獵鷹小組獨自待著，圍繞著他們自己的營火，吃著香煎雞胸肉和炭烤馬鈴薯。天黑之後，他們才移到中央營火旁，加入其他小組，童軍一四四〇小隊全體都很安靜，深深陷入自己的思緒。少校已經從醫院來電說明狀況，醫療直升機載著波西和少校抵達後，波西的父母也到了。現在事情似乎都在掌握之中，醫院有大量銅斑蛇毒的解毒劑，幸運極了，波西現在狀況穩定，也已服用鎮定劑。

他的夥伴們圍著營火輕聲交談，烤著棉花糖的同時，木柴燃燒的溫暖火光映照在他們身上。他們想問幾個困難的問題：一、他會死嗎？二、他會失去他的腿嗎？但他們克制住自己。奇怪得很，他們開始講和蛇有關的故事，雖然沒道理，只不過因爲他們現在既緊張又忐忑不安，甚至懷疑風吹動樹葉的聲音是響尾蛇；遠方樹枝折斷的聲音也可能是另外一條大銅斑蛇緩緩靠近，準備從他們後面偷襲；每隔十分鐘左右，就會有人溜到別人背後，突然從脖子後面伸出兩根手指頭說：「蛇來了！」這種讓人神經緊張的黑色幽默製造了很多緊繃的笑聲。班尼特先生好不容易才將故事從蟒蛇，拉回其他比較適合的主題，比如殭屍和吸血鬼。

晚上九點左右，遠方車子的頭燈漸漸靠近營區，原來是少校從醫院回來了。他站在全體小隊員前面宣布波西和他傷口的最新情形。波西的腿還是很腫，而且感覺糟透了，但他意識清醒，之後應該會逐漸康復，在醫院待個幾天就能出院回家。醫生最擔心的是咬痕周圍受損的皮膚，那邊的組織壞死，很可能會留下疤痕。

少校迅速地吃完晚餐後，請獵鷹組倖存的成員隨他到湖邊。他們坐在離湖不遠處的大樹幹上，可以聽到湖水拍打岸邊岩石的聲音，一輪明月高掛空中。這樣美麗的夜晚，不應該有任何麻煩事發生。

然而西奧心想，他的麻煩來了。

少校請伍迪第一個說明事情的來龍去脈。伍迪準確且詳實地描述遇到蛇的經過，說完之後，少校請他回營地。下一個是卡爾，也離開了，接著是菲利浦，再來是奧立佛，小隊裡的其他成員一個個輪流說。

突然間，只剩西奧一人，只有西奧和少校，少校望著湖面上的月亮倒影。「你同意他們說的嗎，西奧？」少校問。

西奧毫不遲疑地回答：「是，少校。」

少校轉過身，在西奧身旁坐下。他清清喉嚨後問：「身爲小組長，當你的小組遇到危險動物時，該怎麼做？」

「那要看是什麼動物。」西奧回答。

「這次的例子是毒蛇。」

「那就應該立刻警告組員撤離，愈快離開那裡愈好。」

「你這麼做了嗎，西奧？」

西奧困難地吞口水，然後說：「沒有。」

「當時你馬上就發現那是銅斑蛇嗎？」

「是，少校。」

「在這個區域裡有幾種毒蛇？」

「三種，銅斑蛇、珊瑚蛇和雨傘節。」

「你是爲了取得自然功績勳章，才學會這些的嗎？」

西奧不只看過《梅森探案》影集的重播，眞正的法院審判也看了不少，他很清楚少校正在引導他掉入陷阱。他放慢速度回答：「是的，少校。」

他們看著反射著月光的湖面，沉默了很長一段時間，等著少校開口。最後他終於說：「所以說呢，西奧，事情看起來是這樣：你們獵鷹組在銅斑蛇經常出沒的一帶健行，然後眞的遇上了銅斑蛇，還是一條大的銅斑蛇，你們不但沒有馬上採取行動、迅速離開，還做了完全相反的事，小組全員爲了看得更仔細，反而向前靠近，而波西不知道什麼時候撿了一根樹枝，決定要驚動這條蛇；身爲小組長的你，終於想到叫大家退後，可是此時波西，我們都知道他大概不是小隊裡最可靠的童軍，他不知道怎麼失去重心，向前倒下，幾乎是撲在那條蛇上，就這樣被咬了。事情的經過大概就是這樣，西奧，對嗎？」

西奧其實可以稍作修改，但現在不是吹毛求疵的時候，畢竟少校完全抓到重點。

西奧咬住嘴唇，然後回答：「是，少校。」

又是一陣靜默。遠方的營地傳來笑聲，那些幸運的傢伙。

少校說：「好，西奧，現在假裝你是律師，好好爲自己辯護。」

西奧想了一會，毫不猶豫地說：「你的版本沒錯，但事情還牽扯到其他因素。首先，我們會留意銅斑蛇的行蹤本來就很自然，而且多數成員的背包裡有蛇咬傷專用的急救箱，雖然急救箱的設計有點問題，仍然算是準備周全，所以我們眞的遇到蛇的時候，那可是又大又美麗的銅斑蛇，怎麼能不停下來欣賞呢？我們就這麼做了，我們駐足欣賞牠的美，你不覺得這是人的天性嗎？當你身在樹林，自然會追求冒險、追求刺激，突然間，發現你所追求的一切化身爲一條危險的蛇，在你面前現身，這是難以置信的好運氣，所以難免要停下來看看。每個人都會這麼做，至少童軍一定會這麼做。我們靠得太近了點沒錯，但我不曾帶著小組進入險境，從我們站的位置判斷，那條蛇不可能攻擊我們，牠也沒有朝我們過來的意思，我們並未身處險境，或許是有點接近，但並非在危險範圍內。那條蛇原本在石板上伸展身子，當牠緩緩地蜷起來時，究竟是要保護自己還是展開攻擊，又該如何得知呢？沒人說得準，於是我下令退後。雖然大家愣了半晌，連我自己也是，但看得出來我們隨時準備跳開，然後那個笨蛋小波西拿著樹枝走過去，決定找點樂子。我一看到，馬上叫他後退，他卻在一瞬間向前撲倒，沒被蛇咬到臉或脖子，算他好運。」

少校若有所思地聽著，逐字逐句地思量。西奧說完後，又是一段長長的靜默，他們只是盯著湖水看。最後少校說：「領導能力包含很多方面，西奧。構思縝密的計畫、預測未來等，還要在戰鬥中保持冷靜。我以前常常要在頃刻間做出攸關生死的決定，因此學會冷靜。你下令撤退的時間點有問題，一旦發現有毒蛇，就應該立刻撤離。」

「你的意思是，波西受傷都是我的錯。」

「不全是你的問題，但在當時的情況下，你的反應錯了。」

「好，如果一察覺有蛇，我就馬上叫大家離開，你覺得波西會聽我的嗎？他從不聽從命令，不管對象是他父母還是老師。上個月他被停學三天，因爲他在一場小提琴演奏會上放鞭炮；上次野營，他忘了帶牙刷、乾淨的內衣和襪子，還有手電筒；光是初級童軍，他就考了兩次。他是白痴，你自己也很清楚。」

「也許那正是波西需要參與童軍活動的原因。西奧，他需要學習紀律、品嘗成功的滋味。」

「祝他好運嘍。」

少校轉頭瞪著西奧說：「你是我們的組長之一，也是最好的童軍之一，但是西奧，你今天承受不了壓力失敗了。你讓組員靠近那危險的動物，得到這樣的後果：我們小隊有一名童軍入院，腿腫得不像話，還可能留下傷疤，事情也可能會更糟。西奧，我不得不中止你獵鷹組長的身分。我不想讓你難堪，這件事到下次大會再宣布，先保密好嗎？」

西奧雖然很想討厭少校，事實上卻非常崇拜他，甚至喜歡到想模仿他。少校曾經上戰場打仗，開過戰鬥機，走遍世界各地，之前也成功擁有過一兩個事業，現在為了興趣，致力於童軍教練的志願工作，幾乎投入了全職工作般的心力。西奧一想到少校認為他間接害到小組成員，就覺得心痛。

不過少校是海軍硬漢，西奧也想成為硬漢，他吞了吞口水、咬著牙說：「是，少校。」

雲朵迅速移動，天很快就黑了。西奧跟著少校回到營地，隨著鬼故事和蛇故事失去吸引力，氣氛漸趨緩和。營火滅了，食物收好了，童軍們一個個回自己帳篷，每個睡袋都被抖了抖，仔細檢查有沒有蛇躲在裡面；每個帳篷也都以手電筒細細搜尋，還有帳篷附近的高草叢、矮樹叢、石塊，甚至茅坑都檢查過後，童軍們才緩緩鑽進帳篷、把門的拉鍊拉上，然後等著蛇穿越過潮溼的草叢爬向他們的聲音。好不容易四周安靜下來，一切靜止不動，疣豬組不知道哪個笨蛋突然大聲發出「嘶～嘶～」的聲音，但沒有幾個人覺得有趣。

西奧在童軍偵察生涯當中，第一次想回家。

第10章

黎明前雨就開始下了，等到日出時，一切都溼透了。身爲訓練有素的童軍，他們對壞天氣已經做好準備，但冷風和泥濘幾乎使得露營喪失所有樂趣。星期日早晨，少校通常會帶著小隊健行一小段路，到某個景色優美的地點做禮拜。他不是傳教士或牧師，也不要求全員參加，但他是個有智慧的人，對上帝懷著堅定的信仰，對祂創造世上萬物，也懷著眞摯的敬仰之心。西奧總是很享受山頂上的禮拜，他覺得比那些在眞正的教會裡進行的室內禮拜要來得有意義。但雨下個不停，少校於是決定略過這次的禮拜，快速吃完早餐後拔營。

早上十點，墨綠色的老巴士載滿了童軍，緩緩地離開營地，輪胎在泥濘裡空轉，極其緩慢地爬坡，最後終於來到了一條柏油路，大家才鬆了一口氣。隨著車子漸漸加快速度、順暢地往前行，車上多數童軍閉上眼睛，進入夢鄉。前一天晚上，幾乎每個男孩都輾轉反側，好不容易入睡，立刻夢見凶猛的蛇和牠滴著毒液的尖牙，一醒來，彷彿聽見蛇在帳篷外面爬行的聲音。然而現在他們坐在安全的公車裡，往家的方向前進，便忽然疲憊不堪地睡著了。

天氣愈來愈糟，車子行進速度極其緩慢，進入斯托騰堡之際，前方出現兩件嚴重的交通事故，以致於兩個小時的車程變成四小時，童軍們也坐車坐得很膩。巴士終於越過揚希河，即將進入市區時，整車的男孩大聲歡呼。抵達退伍軍人之家後，他們將沾了泥巴的配備搬下車，預計利用下次的午後聚會清洗。

下午三點半，西奧到家了。他花了好長一段時間淋浴後，現在神清氣爽地跟法官一起坐在起居室，享用雞肉湯麵。他爸爸在旁邊看週日報紙，媽媽則隨意翻閱小說。

少校斬釘截鐵地拒絕童軍帶手機或筆記型電腦到營區。露營就是要拋下一切，在遠離現代化文明的前提下展開野外冒險，要是父母每天都要孩子匯報活動內容，童軍活動就毀了。一些比較霸道的家長，甚至會要求或期待他們家獨一無二的小男孩能得到特別禮遇，少校當然不願也無法忍受這種事。

理所當然，西奧父母還不知道蛇咬人的大事。他把麵吃完後，直到法官開始舔他的碗，才開始告訴他們這件事。

他媽媽嚇得花容失色，爸爸則聽得興味盎然，他們不認識波西和他父母，不過西奧將波西這小子描繪得活靈活現，接著西奧談起和少校的午夜會談，最後以受到獵鷹組組長停職兩個月的處分收尾。

「太荒謬了。」他媽媽說，爸爸似乎也同意。接下來半個小時，他們討論當時西奧的作爲以及少校的決定，他也在某一瞬間說：「我正考慮退出童軍小隊。」

他父母頓時沉默不語。

西奧繼續：「少校以爲童軍就像海軍一樣，每個人都完全遵照命令行事，其實才不是呢，童軍沒有那麼守紀律，我不可能老是對著組員吼，或一直命令他們做這做那。不管我說了或做了什麼，都不可能阻止波西去驚動那條蛇。我覺得少校的處分太嚴厲，也太不公平了。」

「我同意。」他媽媽說。

「或許是這樣沒錯。」他爸爸說：「但退出童軍小隊好像反應過度了吧？你喜歡童軍活動，西奧，也即將晉級鷹級童軍，只爲了一個意外就全部放棄似乎有點可惜。」

「你爸說的對，西奧。那樣做並沒有解決事情，人生本來就是不公平的，你不可能每次遇到不公平的事就放棄。」

「但我沒做錯事。」西奧抗議。「事情發生在一瞬間，根本不可能預防。」

「那又怎樣。」爸爸說：「但少校不這麼想，他是隊長、老闆，是你最崇拜、也很看重你的人，你再怎麼說也無法讓我相信盧威格少校對你不公平，西奧，或是對任何人不公平。」

媽媽說：「西奧，你自己說過很多次，你們能有像少校那麼棒的童軍教練眞是太幸運了。雖然這次你不同意他的做法。但他要爲四十名左右的孩子負責，那是很大的責任，而少校每個月都帶你們去露營，不論是誰來做這件事，都會有很大的壓力。現在其中一個孩子受傷了，出事的時候到最後都是帶頭的人扛責任。波西的父母會怪罪少校、怪整個小隊，甚至有可能責怪全體美國童軍。」

「少校可能會被告。」布恩先生好不容易插了句話。

布恩太太繼續說：「想想下一次，西奧。如果下次又有童軍小隊健行經過樹林，在那裡遇到毒蛇，他們會想起這次的事，小組長因此快速下令撤退，也許就不會有人受傷。」

西奧回道：「或者波西會再度出馬，跟另外一條蛇纏鬥。」

布恩先生將報紙拿高，彷彿還有地方要看。「退出童軍團不能解決問題，西奧，撐下去、變得更堅強，取得雙倍的功績勛章，表現給少校看，讓他知道你並未因此氣餒。」他說完就將頭埋進體育新聞裡。

布恩太太比較同情兒子，但也不多。她說：「如果你放棄，西奧，你以後的人生都會不斷後悔。你只會年輕一次，也只有現在你才能在童軍上成功，一直到現在，你都樂在其中，也很有收穫，別讓這次事件毀了一切。要是你退出，你爸和我會非常失望。」

西奧常常覺得很驚奇，其他孩子的父母是如何匆匆介入、製造麻煩；他們寄電子郵件給學校老師，抱怨這個那個；他們在孩子們練習或比賽之後騷擾教練，因爲某某某沒有充分表現；他們行軍般地闖入校長辦公室，爲自己孩子辯解，即使孩子錯得很明顯；如果某某某被什麼隊伍開除，或是被排除在學校戲劇公演之外，或是沒選上啦啦隊，他們就威脅要上法院。

此時此刻，西奧有點希望他父母能多支持他一點，但目前他們兩位都在閱讀，法官吃得太撐，睡得連舌頭都伸出來了。沒人想聽西奧說，於是他上樓，打開筆電消磨時間。

星期一早晨，西奧對新的一週學校生活一點也不期待，而且理由充分。他在蒙特老師的教室坐下時，已經八點四十分，他被問了無數次關於蛇的事。

波西的媽媽照了一張她可憐兒子受傷的照片，他躺在那茲堡醫院的病床上，傻乎乎地對著鏡頭笑，照片中央是他赤裸且腫脹的腿，眞的腫了一大包。就像所有想和全世界分享私生活的聰明人一樣，他媽媽將照片上傳到波西的臉書，不知道是她還是誰，寫了一段簡短故事，描述這名勇敢童軍如何和一條「二點五公尺長的銅斑蛇」和牠的「鋸齒狀」尖牙纏鬥。

當然波西一點錯也沒有，是的，是獵鷹組一名「不明」身分組員被指控推擠並絆倒這個可憐的男孩，導致他直接撲向毒蛇，毒蛇被進一步形容為「異常地具有攻擊性」。只讀這段故事的話，很容易以為波西當時專注於自己的事情，壓根沒注意到毒蛇在身邊。

照片是在週日晚間上傳，當時西奧正在讀一本書，筆記型電腦被晾在一邊。到了星期一早晨，看樣子他是學校唯一還沒看過照片的學生。「波西遇蛇記」成為教室內外最熱門的八卦，第一堂課鐘聲響起時，已經傳出波西可能要截肢的謠言。

他逐漸成為一個傳說，全校三百二十名學生中，只有他被毒蛇咬過，波西．迪克森現在出名了，但並不是因為他做了什麼了不起的事。

出名只因他是個混球，西奧這麼想，生著悶氣過了一整天。這種事只有在美國才會發生。

波西和他被蛇咬的事讓西奧非常反感。放學的鐘聲一響起，他便以最快的速度飆向退伍軍人之家。少校在後院清洗散落在地的帳篷和設備，大約有半數隊員前來做這些額外的工作，但西奧一點也不擔心人手不夠，他和菲利浦、卡爾立刻著手搭起他們獵鷹組的帳篷，用肥皂水洗掉泥巴。帳篷如果不洗好晾乾，就會在儲藏室裡發霉。

少校和他保持距離，西奧覺得這樣也沒關係。這位退休老海軍是個硬漢，重視紀律，而且不打算讓人看見自己溫和的一面，西奧都了解，他已經決定不放棄童軍，絕不讓某個不愉快的瞬間奪走他重視的東西。相反的，他要聽從爸爸有點冷酷的忠告，繼續向前鑽研，嚥下苦頭、更努力去做，雖然組長身分被中止，但他要把這件事當作榮譽勛章。西奧將盡其所能地仿效海軍的言行舉止，以回敬少校。

正在將帳篷捲起時，少校的聲音傳來：「西奧，伍迪在哪裡？」

西奧站起來，抬頭看著少校，他想說：「哎呀，少校，我不知道啊，今天我不需要注意他的行蹤。」或者「哎呀，少校，我不知道啊，既然他現在是小組長了，您不妨自己去找他。」但他迅速打消這些想法，因爲西奧知道在頭兒面前別耍小聰明。

西奧說：「不知道，不過他今天放學後好像有事。」伍迪是西奧最要好的朋友之一，西奧絕不會讓朋友惹上麻煩。眞相是伍迪根本沒興趣當組長，也不打算在這個美好的星期一下午清洗滿是泥巴的帳篷。

少校像往常那樣緊緊咬牙，然後說：「這個星期四下午四點，我要召開飛行功績勳章的會議，你能來嗎？」

「我以為我被停職了。」西奧回應，心中還有很多話沒說出口。

「被停職的是小組長職位，不是所有童軍事務。」少校冷冷地說。

西奧想了一下，這多麼殘忍啊，在他打算盡量冷落少校的時候，那個人竟然開始提起飛行勳章的事。西奧目前正在努力取得四個功績勳章，包括飛行、世界公民、電腦和動物醫學，全都是由他自己精挑細選的有趣主題，雖然其中三個並不比飛行來得刺激。少校曾經承諾，要讓西奧和其他五名一起學習飛行知識的同伴參觀某個地方機場以及空中交通管制中心，最棒的是，他們可以搭乘小賽斯納教練機翱翔天際。

「我會來。」西奧說。

「好，那星期四見。」少校說著就轉身，對疣豬組的兩個傢伙拉開嗓門大吼。

西奧心裡明白，他不是少校的對手。

第11章

星期一傍晚，西奧騎著腳踏車越過五條街，從布恩&布恩事務所的辦公室出發，前往另外一位布恩，也就是他伯父艾克的辦公室。那個辦公室只有簡單裝潢，毫不繁忙也沒什麼生氣；它位於一棟破舊的老建築二樓，樓下開了一家希臘快餐店。艾克和西奧的父親是親兄弟，也曾在事務所共事，但那些日子都過去了，由於某些西奧或許永遠不會知道的原因，艾克已經不是律師，而且鮮少與西奧的父親說話。雖然如此，艾克還是家族成員之一，因此他們希望西奧每週一下午都過去晃晃，和艾克聊聊天。與伯父見面常常令人不大愉快，西奧並非每次都期待他們的會面，不過有時候，艾克會變得風趣，心情好的話，還會說一些爆笑的故事。西奧從來無法事先知道這個星期一的艾克是什麼模樣，家族裡流傳的謠言是說艾克喝太多酒，西奧猜想可能那件事決定了他的心情好壞。

法官的活動範圍通常侷限在事務所和家中，但偶爾西奧會用一條鍊子勾住項圈，讓牠跟在旁邊，飛快地穿越市區。對法官而言，再也沒有比試著趕上西奧飛馳的腳踏車，往街道的另一端狂奔更刺激的了。這個星期一，西奧拿起狗鍊，因爲法官看起來很想去的樣子。

他們倆蹦跳著上樓，輕輕敲了門，沒等回應就衝進艾克狹長而擁擠的辦公室。

「哎呀，哎呀呀。」艾克笑著說：「我最愛的姪子好不好啊？」

「好極了，艾克你呢？」西奧說著，同時一屁股坐在嘎吱作響的木椅上，椅子下堆著紙張和資料夾，房間裡的每件家具上都擺滿資料夾，或是用來把它們藏起來。西奧是艾克唯一的姪子，據他所知，西奧應該也是家族成員裡唯一和他伯父保持聯絡的親人。幾年前艾克惹上麻煩時，艾克的太太就跟他離婚了，他的孩子們也跟著搬走。艾克是個孤獨的老男人，話雖如此，卻也不怎麼讓人同情，他本人似乎就是想要這種異於常人的寧靜生活。

「又是不錯的一天。」艾克說，對桌上成堆的文件揮揮手。「替窮人解決錢的問題，布恩&布恩那邊怎麼樣？」

「老樣子，沒什麼新鮮事。」

「你的成績呢？全都得A嗎？」

「差不多。」西奧每次被問到這個都會生氣，這侵犯到他的隱私權。他不懂艾克怎麼會自以為有權利對西奧的學業問東問西，不過就像布恩先生老是說的：「他是我們的親人。」

「『差不多』是什麼意思？」艾克問。

「化學得B^+，可是我很快就會趕上。」

「最好是這樣。」他嚴厲地說。西奧看得出來，艾克只是在演戲，此時他的目光飄向書桌左方的螢幕。「我剛剛在瀏覽這個，十分鐘前。」他從老花眼睛後面看著說，然後按下滑鼠。「根據我們大無畏與紙本版無異的每日新聞網路版，上週末你們童軍小隊裡的某個孩子碰見銅斑蛇，結果挺慘的，你知道些什麼嗎？」

「這有什麼好報導的？」西奧很反感地說。「因為這年頭什麼都是新聞，西奧，沒有隱私可言，沒有祕密，也沒有羞恥心，每個人都是名人。那孩子是波西．迪克森嗎？」

「就是他，他媽媽顯然想盡量宣傳這件事，我敢說報社一定是她聯絡的，要不然記者怎麼可能知道這種雞毛蒜皮的事？」

「你在場嗎？」

「對，沒錯。」

「發生什麼事？」

於是西奧又把故事說一次。

西奧說完後，艾克說：「混蛋東西，叫你停職太不公平了。」

「沒關係，艾克，我已經不介意了，談這些事讓我覺得很煩，換個話題好嗎？」

「當然，那談洋基隊和雙城隊？」

「不要。」艾克是洋基隊球迷，他熱愛那支隊伍與他們的歷史。西奧爲雙城隊加油，因爲斯托騰堡裡沒人支持這隊，說實在的，既然這地方離明尼蘇達州一兩千公里遠，沒有球迷也不難想像。

「不怪你。」艾克說。他坐著椅子滑回原位，伸手到隱身在一堆資料夾後面的小冰箱裡拿東西，啤酒給自己，雪碧給西奧。汽水罐從桌上滾到西奧那邊，一路撞飛了好幾份文件。「給你。」他說。西奧及時攔截住雪碧，艾克撬開啤酒瓶蓋，緩慢地、幾乎是痛苦地挪動雙腳，砰地移回書桌底下。他雙腳一蹬、往椅背一躺，就是一口啤酒。

西奧從經驗得知，故事要開始了。

又喝了一口，艾克開始說：「這種案子多的是。」他說故事的開場通常是這樣。「樓下的那對希臘夫婦，吉米和阿玫達・底可斯，人非常好，我們認識很多年，每天都見面。他們從小就來到這個國家，每天工作二十四小時，這樣過一輩子只是爲了孩子，了不起的父母。他們的大兒子羅素是一家建築公司的老闆，建造小坪數房屋，也做裝潢之類的工作，他年約四十，已婚、育有三子，最大的兒子一出生就有一堆健康問題，他們傾家蕩產才救活這個孩子，現在則需要各種特殊治療，羅素幾乎因此破產並連累到他的父母，但他們很努力工作，更努力省錢，終於熬過來了。」

西奧的目光肯定飄走了，因爲艾克厲聲說：「我說話很無聊嗎，西奧？」

「我在聽啊。」艾克冗長又散漫的故事，西奧猜想自己可能是斯托騰堡裡唯一會耐著性子聽的人，不過聽到最後通常還滿有意思的。

艾克喝了口啤酒，看著天花板繼續說：「大概十年前，羅素和他太太在郊外買了一塊地，然後開始分割銷售兩公頃的土地，包括山丘、小溪、池塘等美麗的鄉村風景，初衷是要賣給想做土地與樹林保育的人，藉此保護那片環境。羅素和他太太設計出夢想中的房子，開始自己施工，經過數小時、數星期及無數個假期。他們所有閒暇時間都在那裡度過，和孩子們一起，包括坐在輪椅上的兒子，慢慢地建造自己的家。大型的工程，羅素聘公司員工完成，只要是兩個人能做的，就一定是羅素和他太太親自出馬，這個以愛為出發點的勞動，卻似乎無窮無盡。房子幾乎花了五年的時間興建，從頭到尾都以現金支付，等完工時，他們不欠誰半毛錢。搬家時，還舉辦盛大的喬遷派對，我也受邀參加，全部的家人、朋友和鄰居都到了，還有當初曾去那裡施工的公司員工、所有幫助過他們的人都在現場，幸福美滿極了。我從沒見過吉米和阿玫達如此快樂又驕傲，他們擁有美麗的房子、美麗的鄉村景色和一個快樂的大家庭，大家一同慶祝這個國家最好的一面，一切都棒呆了。」

艾克的聲音逐漸變小，西奧知道故事的第一章已經結束，他本人出場追問的時候到了。

「後來怎麼了嗎？」

「嗯，那棟房子將被推土機剷平，這樣政府和一票政客才能在斯托騰堡外圍蓋一條環形道路，其實根本沒必要有那條路，在政治遊戲裡那並不重要。你知道這件事嗎，西奧？」

西奧嚇呆了。他幾乎忘了這件事，過去四十八小時，他的生活被童軍偵察、波西和那條碩大的銅斑蛇所圍繞，還有一堆臉書上的垃圾。

他點頭說：「知道，我聽說了。」

艾克猛然放下雙腳，手肘頂著桌子，身體往前傾，雙眼燃燒著憤怒。

「你了解土地徵收的法律意義嗎？」

「了解。」

艾克點點頭，臉上泛起一抹微笑。「好樣的。理論上，土地徵收是最後手段，在違背土地所有人的意願下奪走土地，幾乎是犯罪行為，卻也是政府在必要時應該做的事。以這個例子來講，根本沒有任何必要性，只不過是一群政客想藉由建造公路，以取悅提供政治獻金給他們的人。」

平時艾克動不動就會開始說教，而對於這個議題，他似乎更為氣憤。西奧決定再推他一把。「我好像不是很懂。」

西奧才剛開口，艾克就繼續說：「是這樣的，西奧，北邊的卡爾斯堡那一帶，有一些大型貨運公司和一堆工廠，南邊的魯溫斯堡也是。研究顯示，這條公路只能省下卡車司機幾分鐘的時間，但他們不管，就是要不計代價蓋一條新公路！因此這些公司與政客過從甚密，給他們不少錢，告訴他們那條公路的興建多麼迫切，理所當然的，是爲了『經濟發展』這個神聖目標。每當需要核可什麼事或進行什麼建案或浪費更多納稅人的錢時，每個政客都會說，會有更多工作、更多稅收，什麼都變得更多，全都以經濟發展爲名；但同時會有更多汙染、更多交通堵塞、更多擁擠的學校，還有更多開發商致富。然而政客從來不提這些，因爲他們從那些既得利益者手上拿錢，這次是那些貨運公司。」

艾克深呼吸，灌一大口啤酒，典型的艾克，從來不打迷糊仗，從不是騎牆派，總是有自己的主張。西奧其實覺得故事很精采，因爲艾克如此火冒三丈。

西奧決定火上加油。「州長不是也極力鼓吹這件事？」

「那個白痴！只要價碼談得攏，他什麼都支持。上週報紙頭條說，那些貨運公司和開發人員捐了一大筆錢到州長陣營，猜猜看會發生什麼事？他們想要公路，他就想要公路，那傢伙只不過是個政客，他只想尋求更高的職位。你以後絕對不要涉及政治事務，西奧，那些都是骯髒的遊戲。」

「別擔心。」

艾克放鬆下來，用力將椅子往後滑。「十五年前，西奧，如果我的政治立場是對的，就不會被起訴。」

這是艾克伯父第一次提到他以前遇到的麻煩。西奧很想直搗核心、一次問一堆問題，但他忍住了。總有一天，艾克會把事情全盤托出，但只在他想說的時候說，不是現在。

西奧原本想說哈迪．昆恩家的故事，後來決定算了。就他而言，他的故事要比艾克的有趣多了，不過艾克喜歡說勝過聆聽。「你要去幫底可斯家族嗎？」西奧問。

「幫？要怎麼幫？」

「我不知道，艾克，看起來有很多人反對，如果參與的人夠多，那麼郡委員們也許就不會贊成這個計畫。」

「別開玩笑了，西奧。有錢能使鬼推磨，有錢的那一方總是贏家，尤其在政治圈。」

西奧覺得很沮喪，無言以對。艾克伸手拿一張紙，拿到後再次往前傾。「看看這個，西奧。」他說，西奧靠過去看。那是一份地圖，以紅色標記出新公路的路線。艾克用筆輕敲地圖中央的一點。「這裡是新公路將與斯文尼路交會的地方，目前全是鄉村景色，但只要公路一出現，就會在一夜之間風雲變色。」

西奧察覺艾克氣息中的啤酒味，難聞的氣味讓西奧往後退了好幾步。艾克繼續說：「不只這樣，我的消息來源說，某位土地開發商，一個叫喬．福特的操盤手，炒作手法非常熟練，因而被叫做快手福，這個傢伙據說已經投入資金，在這個路口買下兩百公頃土地。原本這應該是祕密交易，不過我的消息來源認識原地主律師的前同事之一，都是祕密。」艾克將地圖留在桌上，身體往後靠在椅背上。「西奧，也就是說，禿鷲早在空中盤旋，等著攫取獵物。

一旦郡政府同意這個案子，這些壞蛋會搜刮沿路每一寸土地，十年後，購物中心、速食店和洗車廠會擠滿道路兩旁，本郡西部會爬滿道路，就像美國其他地方一樣；開發商會變得更富有，樂於捐出足以讓政客開心的資金。這個社會體系爛透了，西奧。」

西奧聽了更加沮喪，只好試著說服自己，艾克本來就是個陰鬱的人。他很少露出笑容，說話常常很刻薄，被家人拋棄，多年前失去律師執照時還遭到羞辱。

艾克和他的消息來源。他總是宣稱自己知道某個祕密，而事實上，他真的知道，他出沒於斯托騰堡的某些陰暗角落，那些正直公民迴避的地方。他打撲克牌，至少有兩組牌友，其中有的是前任律師、退休警察或更生人，他賭足球或棒球賽，與賭注登記人和其他賭徒鬼混。西奧的爸爸有一次說溜嘴，艾克從賭博贏得的錢，比他的正職賺得還多。

「喔，聽完這麼好的消息，我該走了。」西奧說，突然急著上路。

「幫我跟你爸媽問好。」艾克說，他十指交扣在腦後，雙腳放回桌面。

「下次見，艾克。」西奧一邊說，一邊和法官走向門口。

「還有下次化學要拿A。」

「當然，每個人都這麼說。」

第12章

星期二早上，波西·迪克森凱旋歸校。西奧將腳踏車停到他的老位子，看到電視台的採訪車停在校門前，立刻察覺情況有異。想當然耳，一輛旅行車在幾分鐘後出現，波西的媽媽停好車後，拉出輪椅，抱兒子坐下，然後開始他們進入學校的小遊行。波西的腿抬得高高的，包著好幾層白色紗布。他的老師和同學們都在前門等著，接著他媽媽推著波西進去，彷彿這位是在戰場負傷的英雄一般。一名記者和攝影師跟在後面，捕捉新聞快報的內容，爲平靜無波的斯托騰堡帶來蛇咬人的最新消息。

西奧遠遠地觀察，波西和他媽媽，很難說哪一個比較享受聚光燈的照射。攻擊蛇的人是波西，卻是西奧被處罰，似乎還是不公平。

一整天，西奧一直被波西的身影打擾。他坐著輪椅到大廳盡頭、坐在學生餐廳、在操場被推來推去，總有一群仰慕者擠在他身旁，聽他一而再、再而三地講述他與蛇幾乎致命的相遇，那條銅斑蛇也不知爲何在他的描述中愈變愈大。

有些同學認爲西奧應該爲這次的災難負責，不過多數人都知道眞相。只有幾個人相信波西那套，不論如何，他仍然充分享受大家的注目。

西奧在學校的一整天都在受罪，試著忽略到處上演的餘興節目，有好幾次，他希望當時那條蛇直接攻擊波西的眉心。

最後一堂課的下課鐘聲響起，西奧匆匆忙忙回到布恩&布恩法律事務所，跟法官打招呼後，迅速消失在他辦公室門後，打算盡快將功課草草了事。他的父母都關著門，正在跟客戶談事情，整間事務所既安靜又忙碌。西奧花了不到一個鐘頭把功課完成，外面卻開始下雨，他沒其他地方可去，沒多久就覺得很無聊。

出於好奇心，他開始在網路上搜尋紅溪支道，出現了很多筆資料，有舊報紙的故事、地圖、學術研究、給編輯的抱怨信函等，甚至還有一群吵鬧的反對者所經營的網站，他們蒐集了所有可能與該計畫有關的資訊，當然大部分都持反對立場，但也有少數商業傾向的資料宣稱這條公路是必須的建設。

上網瀏覽大約一小時後，西奧又覺得無聊了。外面雨勢變大，法官正在小睡，他父母仍然鎖在辦公室裡。他輕輕穿過儲藏室，進入廚房，在那裡找東西吃，「借」事務所裡其他成員的東西吃已經變成辦公室之間的一種集體活動，西奧是頭號罪犯。然而今天看起來沒有什麼好吃的。

艾莎也不在，這有點不尋常，沒有其他客戶預約的傍晚，她偶爾會幫忙跑跑腿，西奧猜想她可能才剛剛出門。她的桌子在接待室，守衛著前門，一走進布恩&布恩事務所，就要先跟艾莎周旋。她像個教官那樣管理這個地方，每個人的行程她都瞭若指掌，包括律師布恩夫婦、法律助理文森、房地產祕書陶樂絲，甚至是少年律師西奧。不知為何，艾莎知道最新的開會和開庭日期、醫療和牙醫看診日、生日等等，不曾遺漏。

西奧很好奇誰在他爸爸的辦公室，伍茲．布恩是房地產律師，從不需出庭，也鮮少有客戶來訪，一天至少有八個鐘頭，他坐在桌前抽雪茄、翻動文件、擬定合約、做研究以及和客戶通電話。西奧認為他爸爸這種法律事業頗無聊，他一點也不想走上這條路，不，絕不，在西奧的計畫中，自己將在法庭的大審判中辯論，在陪審團和觀眾面前表演，漸漸揭開嚴肅謎團的面紗。

三年前，西奧十歲的時候，第一次去旁聽正式審判。那是在暑假期間，西奧連續四天都坐在旁聽席第一排，聽得到證人所說的每個字。一對年輕夫妻和他們五歲的兒子在平交道和火車猛烈相撞而罹難，法庭現場情緒高漲，連西奧都感受到壓力，律師們像古羅馬戰士般奮戰，主持審判的是充滿智慧的甘崔法官，他同時也是西奧的朋友。

從那一刻起，就注定了西奧多．布恩走向法庭的命運。他偶爾會想成為像亨利．甘崔那樣的法官，不過他的計畫和夢想大部分還是成為一名無所畏懼的出庭律師。

艾莎的桌子中央有一本大型月曆，上面潦草地寫下所有事，包括客戶的預約。這份月曆並不是禁地，也沒有什麼祕密可言，畢竟它大剌剌地躺在桌上，誰都看得到。西奧瞄了一眼，注意到明天星期三，他下午四點和牙齒矯正醫師有約，他媽媽則要見一位名爲M．克萊邦的客戶。

而同時間，爸爸要見的客戶是喬．福特。西奧停了半晌，接著他想起昨天與艾克的對話。喬．福特，大家叫他快手福，他是房地產開發商，艾克認爲他是隻禿鷲，等著興建支道的提案通過，然後將斯文尼路附近的土地一口吞掉。他是個詭詐的投機客，艾克口中的「壞蛋」。西奧試著回想艾克說的話，那是兩百公頃的土地交易、祕密、噓……等等，艾克並沒說那是違法交易，聽起來卻不大對勁。

西奧瞪著那個名字幾秒鐘，其實也滿合理的，喬．福特做的是房地產生意，伍茲．布恩的客戶全都在這個產業。但是這麼惡名昭彰的人，爲什麼西奧的爸爸願意當他的律師呢？

樓上傳來一些聲音，接著是下樓沉重的腳步聲，西奧愣了一下，想著要如何溜走才可以從前門衝出去，但那會有聲音，躲到會議室或從大廳快跑回他辦公室也可以。就在西奧移動時，他不小心踢翻艾莎的垃圾桶，紙屑撒了一地，他馬上彎腰撿垃圾，正要清理這片髒亂時，他父親和另外一位男士忽然出現。

「哈囉，西奧。」布恩先生說：「你在這裡做什麼？」

「呃，那個，法官把垃圾桶弄翻了，我正在清理。」

「這樣啊，那你跟喬．福特先生打聲招呼，他是我們的客戶。」

福特先生的雙手放在口袋，幾乎面無表情。

「這是我兒子，西奧。」布恩先生驕傲地說：「他是斯托騰堡中學八年級的學生。」

西奧很快地點頭，有禮貌地說：「很高興認識你。」

「我也是。」喬．福特不得不這麼說。他身穿有光澤的灰色西裝，搭配背心和漿得挺直的白襯衫。他有一頭卷髮，兩邊各燙了幾撮頭髮，在耳朵上方彈跳著。西奧立刻討厭這個人，而且感覺喬．福特也不喜歡他。西奧很快地評估了一下，覺得這個喬．福特只有時間跟能幫他賺錢的人說話。

福特先生不相信寒暄這回事，於是他向布恩先生告辭離去，而西奧也匆匆回到他的辦公室，在筆記型電腦上敲幾個鍵，立刻打開了「喬．福特先生」的檔案夾。

第13章

星期五放學後，三個男孩和一條狗——西奧、伍迪、哈迪與法官在楚門公園靠近市中心的地方碰面。他們計畫一起去釣魚。要準備去冒險了，男孩們都很興奮，辛苦上學的一星期剛結束，放鬆的時候到了。哈迪建議去釣魚，州長和某些政客想毀掉的美麗景色與昆恩家族的農場，他想讓西奧親自體驗。伍迪和西奧跟著哈迪，西奧殿後，這樣法官的鍊子才不會跟腳踏車纏在一起。雖然法官是條狗，卻覺得自己應該領隊，而這些男孩應該追隨他，不過現在既然被繫上鍊子，也就順從地在西奧車旁小跑步跟著。能夠跟他們一起去，法官似乎就很開心了。

他們在老市區的陰暗街道間穿梭，前往一條環繞斯托騰堡南部且避開車輛以及住宅區的腳踏車道。行經繁忙的十字路口，穿越七十五號公路，不久就到了一條鄉間小路，兩邊的大樹在頭頂上相接，形成拱形樹棚，他們將市區的擁擠與嘈雜拋在身後，奮力騎上山坡，再飛速飆下坡，越過數條涓涓細流，匡啷啷地鑽過一座加了頂蓋的廢橋。

三十分鐘後，男孩們個個汗流浹背；法官也該喝水了，牠走到附近的溪邊，他們在旁邊等著。「休息幾分鐘就好。」哈迪說。呼吸調勻後，他們再度出發，登上一座小山後稍做停留，從山頂上眺望美麗的山谷，那裡有茂密的樹林，點綴著幾塊空地。哈迪指向視線範圍內僅有的屋子，一棟遠方的白色建築。「我爺爺奶奶就住在那裡。」他說，呼吸聲仍然急促。

男孩們一邊休息，一邊欣賞風景。哈迪指向右邊說：「那條公路將穿越整個山谷，形成非常寬的一道裂縫，從這兩座山之間的山谷開始，往那邊穿越這一帶最高的山。」他的右手臂從右邊劃向左邊。「那是喬克山，他們計畫用炸藥夷平，先把山炸開，再移除土石，把一切都用推土機剷除，再鋪上柏油。不知道我爺爺奶奶會怎麼樣。」

「他們怎麼可以這樣做？」伍迪問。

「你問西奧。」

西奧說：「法律賦予政府徵收人民土地的權利，政府當然要付錢買地，但是人民無法拒絕政府。」

「好爛。」

「真的。」哈迪難過地說。

他們騎車下山。幾分鐘後，在那棟屋子前停下，哈迪的奶奶貝佛莉．昆恩太太準備了核桃餅乾和冰水在門廊等著。哈迪向奶奶介紹他的朋友和法官，他們迅速地吃起點心來，奶奶也在旁邊陪著。據老太太說，哈迪的爺爺去拖曳機倉庫那裡溜達了，她對興建公路的事隻字未提，大概光是想像就夠嚇人了。西奧吃著餅乾，坐在柳條編織的搖椅上輕輕搖晃，油漆過的門廊一塵不染，點綴垂掛的蕨類以及照顧得井井有條的花床，還有院子旁的白色尖樁籬笆，都讓西奧佩服不已，接著他開始想像推土機大軍前來毀掉這一切的畫面。這麼做感覺太不公平了，甚至相當殘忍。

男孩們吃完點心、對哈迪的奶奶道謝後，就急著出發去釣魚。這棟房子後方有個儲物屋，他們在那裡找到各式各樣的釣竿、捲線器、竹竿和釣魚用具收納箱，還有足球、排球、羽毛球組、飛盤，甚至還放了兩艘獨木舟、四艘愛斯基摩皮艇以及高爾夫球具。「我們在戶外總是玩得很開心。」哈迪說，還宣稱他在斯托騰堡一帶的堂親和表親加起來有十一個，還不算姑姑和叔叔以及親密如親戚般的朋友，大家都曾經在家族農場度過很多日子。

他們挑了三支釣魚竿和捲線器，哈迪還塞了一個小型收納箱到背包裡，三個男孩再次出發，飛速騎在茂密樹林裡蜿蜒的泥巴小徑上。他們奮力踩著腳踏車，十分鐘後終於抵達紅溪河岸。「這是農場裡最佳的釣魚地點。」哈迪說，並拿出釣魚用具收納箱。「這一區有最棒的小嘴黑鱸。」西奧一解開狗鍊，法官便躍入水中。這條溪很寬，水花飛濺到遠方的石塊上。

「我們一天到晚在這裡露營。」哈迪說。

「這裡好美。」西奧說：「我們可以划皮艇嗎？」

「等一下也許可以。」哈迪說：「那個河灣有些不錯的急流，划獨木舟的話可能會危險，我們常常划著皮艇過去。」

身爲城市鄉巴佬和獨子，西奧有點嫉妒哈迪和他的家族可以在這一大片土地上玩得不亦樂乎。這個農場像是個大型森林遊樂園，裡面有眞正的冒險，而不是那種人工的遊戲。

哈迪站在一塊花崗岩平台上，離水面約三公尺。他已經兩度縱身躍入溪水，卻突然發現遠方有異狀。「那是什麼？」他大聲地問。

「什麼？」附近的伍迪問。

哈迪指著說：「山下的樹林那邊，有一些人。」西奧和伍迪爬上平台，坐在哈迪旁邊，他聽起來很擔心。沒錯，在前方大約一點五公里處，溪水兩旁的狹窄谷地上，有好幾個人開著小卡車轉來轉去。

「那是我們的私有土地。」哈迪說。

「他們在幹什麼？」西奧問。

「不知道，但他們不應該出現在那裡。」哈迪說。

「我們應該帶雙筒望遠鏡。」伍迪說。

「不過這樣更好，我們直接過去看看。」哈迪說，三個人頓時忘了釣魚這檔事。如果只是西奧，可能就會算了，那些人看起來不像在做壞事，不過他並不了解昆恩家有多重視他們的土地和隱私權。男孩們跳上腳踏車。「跟我來。」哈迪帶著他們出發，溼漉漉的法官也跟著西奧，西奧則跟著伍迪。他們騎了一小段路，從一條古老的人行步橋穿越溪流，橋的寬度幾乎無法讓腳踏車通行，之後他們飛速地馳騁在一條泥巴路上，直到抵達目的地。

那裡有四個人，其中三人比較年輕，另一位較年長的可能是老闆。他們的卡車是營業用的四門大車，車上寫著「策略性勘查」，綁著紅絲帶的木樁從卡車不遠處開始延伸。

「你們這些小孩想做什麼？」較年長的男人問。

哈迪牽著腳踏車走向那些人。「你們在這裡做什麼？」他問。

「孩子，這不關你的事。」

「這是我要管的事，這是我們家族的土地，誰允許你來這裡？」

另外三名較年輕的男子嘲笑這個問題很多的小子。西奧看著他們，三個人全都是大塊頭，髒髒的鬍子和襯衫，看起來是過慣苦日子的狠角色。

「不要跟我耍小聰明，小子。」老男人說。

「你叫什麼名字？」哈迪立刻反問。

「威利斯，你呢？」

「哈迪．昆恩，我們家族擁有這片土地已經有一百年了。」

「啊哈，恭喜恭喜。」威利斯嘲謔地說。「所有權就要轉到政府手裡嘍。」

其他三人覺得很好笑，再次放聲大笑，同時往威利斯所在的卡車後方前進，那裡距離哈迪大概只有三公尺。西奧向前走一步，說：「他在問你問題。是誰准許你到這裡來的？」

「政府。」威利斯對西奧大吼，西奧立刻反擊。「喔，是嗎？但政府尚未取得這塊土地的所有權。」

「一群自以爲聰明的傢伙。」威利斯對他的手下說，接著對哈迪和西奧說：「小子，你們聽著，我們在進行支道的初步場地勘查，如此而已，我們的公司向政府承包這個案子，所以派我們過來。孩子們，你們爲什麼不放輕鬆，去做點自己的事？我們只是在工作，並沒有打擾別人。」

哈迪的砲火反擊。「沒得到許可跑來，就是打擾我。」

扮演律師角色的西奧迅速補上一句：「這樣是私闖別人土地，好嗎？這是犯罪行爲，可以讓你吃上牢飯。」

三名較年輕的男子中最矮的一個向西奧走近一步。「哇，好個小博士，你電視看太多了吧，小子。」

「可能是，但也可能是因爲我會讀書識字。」西奧反攻。那矮子的臉瞬間變紅，十指緊握。伍迪走到西奧身邊，法官也跟在他腳邊，局勢相當緊張又荒謬。三個十三歲男孩和一條米克斯犬迎戰四名彪形大漢，雙方對峙僵持不下，後者不肯離開，前者也不願退讓。

西奧突然想到一個辦法，卻馬上引發一場災難。他伸手到口袋裡拿手機，然後說：「我要打給九一一❸，請警察來幫忙處理。」

威利斯大叫：「小子，你給我放下手機！不准打電話！」

西奧說：「我可以打電話給任何人，你憑什麼不准我打？」

「我說，放下手機！」

矮子猛然撲向西奧，抓住他的臂膀、猛烈搖動，接著把他推倒在地。「愚蠢的小子。」矮子咕噥著。伍迪和哈迪被突然攻擊嚇到，往後退了一步。

然而法官毫不遲疑，牠攻擊矮子，差點咬到他的腿，卻被踢飛。法官又是咆哮，又是低吼，再度飛也似地出擊。矮子說：「叫這隻狗離我遠一點。」

「法官過來！」西奧一邊叫，一邊踉蹌地站起來。那一刻，他真希望法官是受過攻擊訓練的四十公斤鬥牛犬，而不是看到貓都怕的二十公斤米克斯，不過法官並不怕矮子，一眨眼，牠三度攻擊卻也三度被踢到一旁，伴隨著受挫而憤怒的叫聲，法官再度衝向矮子。

後來他們很快得知，第三個男人叫做賴瑞，他是矮子的幫手。賴瑞拿著一公尺半的勘察用木樁走過來，當法官再度攻擊矮子時，賴瑞用木樁打狗兒的後腦勺，西奧頓時慘叫，哈迪大吼，伍迪則撿起一塊石頭。現場灰塵瀰漫，在那恐懼且混亂的瞬間，賴瑞不斷棒擊法官，矮子也對牠踢個不停，而男孩們試著去反抗。伍迪往前衝，卻被賴瑞絆倒，摔在西奧身上，哈迪吼著：「把棒子放下，好嗎！」

西奧最後好不容易才擋在法官前面，賴瑞卻不願罷手，用木椿的另一端頂開西奧，留下可憐的法官鮮血直流，哀鳴不斷。

那些人這才讓開。

西奧用手臂托起他的狗，緩緩起身。法官的頭部全是血，身體則癱軟不動。「法官，跟我說話啊。」西奧含淚請求。

哈迪對那些人大叫：「我會讓你們付出代價。」

西奧開始狂奔，緊緊抱著法官貼在胸前，經過他的腳踏車也沒停下來，因爲他知道不可能抱著法官騎車。哈迪和伍迪跳上自己的車，很快地趕上西奧。西奧似乎有點恍惚，雙頰淌著淚，襯衫沾著血，他緊緊抱著法官向前跑。

哈迪說：「伍迪，你陪著西奧，我先騎去找我爺爺。」

「好辦法。」伍迪說，哈迪咻地消失了。

「西奧，牠還活著嗎？」伍迪騎到西奧旁邊時，輕聲問道。

西奧咬住下脣，然後說：「不知道，牠一動也不動。」

鮮血自西奧的手肘滴下，他以最快的速度奔跑。

❸類似台灣的一一九，可以處理消防事務或緊急報警。

第14章

哈迪和他爺爺席拉斯．昆恩先生找到西奧和伍迪時，他們正要越過紅溪，此時西奧的襯衫已被汗水與鮮血浸透。眼看他的氣喘就要發作，西奧趕緊按壓吸入器，同時護著動也不動的法官。昆恩先生見狀，迅速地抱起狗兒，將牠安置在自己的小卡車座椅上。「把腳踏車放在後面再上車。」他下了指令，伍迪照做後，三個男孩都擠進前座，西奧輕輕抱著依然雙眼緊閉的法官。

「牠撐得過去嗎？」哈迪問他爺爺。

「牠會沒事的。」昆恩先生邊說邊換檔上路，他已經撥打了九一一，請求救護車和警力出動，他想讓那些場勘人員離開他的土地。其實他很想要親自教訓那些人，卻不能不管眼前受重傷的狗兒。他們在碎石路上疾駛，往市區前進，昆恩先生問：「誰有手機？」

伍迪沒有手機，因為他才十三歲，他父母覺得他還太小。哈迪雖然有，但他不知道放到哪裡去了。西奧說：「我有。」

「我認為你應該打給你爸媽，西奧。」昆恩先生說。西奧將法官輕輕放在伍迪腿上後，從口袋裡拿出手機。「我們要去哪裡？」西奧問。

「不確定。」昆恩先生說：「你們的獸醫是誰？」

「柯爾醫生。」

艾莎接起辦公室的電話，她說西奧的媽媽在跟客戶開會，於是幫忙把電話轉給爸爸，西奧向爸爸說明事情經過時，一邊溫柔撫摸法官雙目中間處，他瞥了伍迪一眼，發現他所知道最堅強的孩子在流淚。

救護車停在通往昆恩家農場的一條郡道中間，一開始，救護人員不確定該如何對待受傷的狗，但沒人敢與昆恩先生爭論。他以宏亮而精力充沛的聲音告訴救護人員，西奧和這條狗要前往柯爾醫生在南克萊門路的診所，而他自己會開小卡車載著哈迪與伍迪在後面跟著。

送進救護車後，西奧看著兩位救護人員彷彿把法官當成受傷的小孩般治療，讓法官躺在白色的無菌輪床上清理傷口、測量脈搏，還輕聲對牠說一些鼓勵的話。儘管西奧覺得他們受的訓練顯然是用來照顧人而不是狗，他們卻神奇地照料著法官，盡量讓牠感到舒適。他們連西奧也照顧到了，他的襯衫沾滿灰塵和血，其中一位救護人員用紗布幫他輕輕擦拭，西奧感覺也乾淨多了。

「牠還有脈搏。」另外一位邊說邊抓了一條床單蓋住法官，只讓牠露出頭部。「我想牠會沒事的。」

「謝謝。」西奧勉強回了一句。

「我們不曾送狗就醫。」其中一位說：「發生什麼事了？」

西奧只是搖搖頭，說不出話來。

約莫四十年來，柯爾醫生治療並治癒斯托騰堡大部分的貓狗以及其他小動物。他安靜的小診所位在一座曾經輝煌過的舊購物中心裡，接待員長年都是由羅絲小姐擔任，大家都知道如果誰的寵物狂犬病疫苗過期了，這位既凶猛又有效率的小姐就會打電話開罵。

這個星期五羅絲小姐待到比較晚，當她整理好東西、準備離開時，電話響起，是伍茲·布恩先生，他解釋他們家的狗現在狀況很糟，正在去診所的路上，柯爾醫生在嗎？他當然在。幾分鐘後，羅絲小姐驚訝地看著一輛鈴聲大作的救護車在前門停下。

與柯爾先生共事的這四十年裡，她不記得有任何受傷的動物由救護車送達的例子。她知道法官·布恩是很特別的狗（不是所有狗都很特別嗎？），卻不清楚原來牠在這個社區如此受人尊重。救護車後方是一輛小卡車、一輛警車以及另外兩台交通工具。一位救護人員抱著狗兒往內衝，小小的接待室一下子湧進一群緊張兮兮的人，包括西奧、西奧父母、昆恩先生、救護人員、救護車司機、從事務所趕來的艾莎，還有兩位穿制服的警官。

柯爾醫生和一位技術人員幫法官照X光，西奧的父母則詳細檢查兒子的狀況，他全身滿是塵土、血漬與汗水，說起當時的狀況時，西奧幾乎控制不住自己的情緒，而伍迪和哈迪也在旁邊補充細節。

「那個人眞的用棍子打你？」布恩先生問。

「打了兩次，臀部這裡。」西奧回答。「那個矮個子還把我推倒。」

「他們其中一人也把我推倒。」伍迪補充。

「這實在太可惡了。」布恩太太說，瞪著兩位警員。其中一位說：「我們都聽到了，布恩太太。」

「希望如此。」

「我們想盡快提起告訴。」布恩先生說：「我要那些人被關起來。」

「我也是。」昆恩先生說：「他們擅自入侵我的土地。」

這群人很快地達成共識，那些壞傢伙一定要接受司法制裁，之後大家的情緒才稍微穩定下來，繼續等待。警察和救護人員簽名後先行離去，羅絲小姐煮了一壺咖啡讓大家用紙杯喝，又過了大概一個鐘頭，柯爾醫生才從裡面出來做首次說明。他說法官勉強活著，但狀況很糟，脈搏微弱，牠的頭部受到多次重擊，導致嚴重腦震盪，雖然顱骨沒有骨折，腦部四周卻出現血腫；牠的右前腿骨折，牙齒也被打掉好幾顆。柯爾醫生認爲，法官現在能呼吸就很幸運了，接下來的二十四小時將會是關鍵，如果腦血腫不消，法官的小命或許就難保了。

柯爾醫生帶西奧和他父母到診所後方的檢查室，那裡燈光昏暗，法官躺在一張小桌上，蓋著消毒過的白色床單。牠側著身子、雙眼緊閉，舌頭垂在外面，臉部和頭部的毛全剃光，左前腳注射點滴，右前腳則以夾板固定。一看到法官悲慘的模樣，西奧立刻哭了出來，他忍不住也停不了；雖然他很討厭哭泣，尤其是在陌生人面前，可是看著他的好夥伴傷成這樣，眼淚便奪眶而出。布恩太太也哭了。

好長一段時間，他們只是呆呆地看著法官。柯爾醫生說：「我已經盡力了。我會讓一位技術人員整晚留在這裡觀察，不過老實說，現在能做的只有等了。」

「我不要走。」西奧說，戴著牙套的上下排牙齒緊咬在一起。「我要在這裡過夜。」

「聽話，西奧。」布恩先生說。

「我不要走，我生病的時候，法官都會在床邊陪我，牠從不拋下我，我也可以爲牠做同樣的事。別說了，爸，我不會走的。」

布恩太太說：「西奧……」

「別說了，媽，法官需要聽著我的聲音，知道我在這裡。今天晚上我要一直跟牠說話，可以嗎？拜託。」

大人們面面相覷，柯爾醫生聳聳肩。「你自己決定。」他說：「我都沒關係。」

布恩太太說：「好吧，西奧，不過我們先回家，很快地吃點東西、洗個澡、換換衣服再過來。」

「不要，我不要走，媽，我不會離開法官，絕對不會。」

在混亂的親子教養遊戲裡，大人偶爾讓步、讓孩子照自己想的去做也很重要。現在似乎就是個完美的時機，而布恩夫婦倆都有理解這個狀況的智慧。

布恩太太走近一步，拍拍兒子的肩膀。「好吧，西奧，我跟你爸先趕回家，換個衣服和吃點東西，一個小時後回來好嗎？」

「謝謝媽。」西奧說，視線停留在法官身上。

他爸媽和柯爾醫生帶上門離開後，西奧向前傾，在法官鼻頭輕輕一吻，而淚水也從臉頰流下。他悄聲在法官耳邊說：「我愛你，法官，我要一直跟你說話，直到你醒來，好嗎？你要聽我說啊，法官，不然我絕不會停下來。」

但是法官仍然毫無動靜。

第15章

今晚將是漫漫長夜，布恩太太幫西奧準備了三明治，他卻吃不下，另外還有乾淨的襯衫和牛仔褲。她和布恩先生輪流坐在擁擠的檢查室裡陪西奧和法官，那裡只有兩張分別在桌子兩旁的椅子，桌上躺著性命垂危的法官。柯爾醫生的助理是個名叫星星、感覺有點奇怪的年輕女性，頭髮染成紫色、戴著鼻環，儘管第一印象不怎樣，她其實超級貼心，也非常關心法官。柯爾醫生大約在晚上九點左右跟他們道別，他對西奧和他父母說很歡迎他們在診所過夜，星星會處理所有事，而他也會把手機帶在身邊，要是有狀況發生會在十分鐘內回來，布恩一家人再三地感謝醫生。

伍迪、哈迪和昆恩先生仍在外面的接待室裡等待，他們已經在那裡好幾個小時，無事可做，只能等待。他們稍早點了一個披薩，和星星一起吃，柯爾醫生走的時候，他們決定一起離開。伍迪和哈迪對西奧保證，他們星期六早上會回來看看他和法官，他們互相擁抱道別時，三個人眼睛都溼溼的，眞是漫長又艱困的一天。

他們離開幾分鐘後，愛波．芬摩和她媽媽出現了。愛波的媽媽芬摩太太是個與眾不同的女人，也是西奧或其他人都會盡量迴避的人。星星不准訪客進入後面的檢查室，於是西奧和愛波在前面的接待室聊了一下，雖然不想再從頭說一次今天的事，卻別無選擇。愛波是他最要好的朋友之一，她噙著眼淚問：「西奧，發生什麼事了？」西奧不得不從釣魚開始說起，最後以狗兒受重傷結尾。

芬摩太太是個大嘴巴，老是喜歡灑狗血的劇情，她也聽得瞪大雙眼、摀著嘴，彷彿她從未聽聞如此駭人的暴行。布恩太太好不容易才請她到另外一邊，讓孩子們私下談話。西奧非常喜歡愛波，但她媽媽離開後，眞的讓他鬆了一口氣。

艾克伯伯在十分鐘後抵達，情況隨即大爲改觀，星星拒絕艾克入內時，艾克開始大聲咆哮，星星嚇得躲起來。艾克只短暫地探視法官，對牠說些悄悄話後，他直接宣布會和西奧一起在這裡守夜，布恩夫婦必須回家睡一下，星星如果想的話，可以在這附近待著。星星試著向艾克解釋，指示她留下來觀察法官狀況的是柯爾醫生，艾克聽完才同意她留下。

布恩夫婦從診所離開時，又是一輪擁抱以及對星星的感謝，他們還保證會帶著手機上床，以防萬一。星星將前門上鎖後，退到員工休息室裡，艾克抓了一張法官旁邊的椅子坐，然後說：「西奧，現在要緊的是讓法官聽到我們的聲音，知道嗎？所以我們要盡可能一直說話，不管是輪流講故事、說笑話或是什麼都好，重點是要不停地說，可以嗎？」

「當然可以，艾克。」西奧站在法官旁邊說。艾克把雙腳和拖鞋都甩到小檯面上，想辦法在廉價塑膠椅上盡量坐得舒服些。他說：「好，現在你告訴我上週那個蠢小孩怎麼會被銅斑蛇咬到。」

西奧皺眉說：「拜託，艾克，我對那件事很反感。」

艾克說：「這跟你無關，跟我也無關，而是爲了法官，牠想再聽一次那個故事。你的聲音，西奧，牠受傷的小腦袋深處，聽得見你的聲音，牠不在乎你說什麼，只在乎你在這裡，在牠身邊、跟牠說話。」

西奧困難地吞了吞口水，然後開始說波西和銅斑蛇的故事。

艾克搖搖頭，打斷他。「不，不對，西奧，要從一開始講起，慢慢說，我們不急，法官不急，我們有好幾個鐘頭可以消磨。」

於是西奧再試一次，他從童軍一四四〇小隊坐上公車，往馬羅湖前進開始說，中間加入他記憶裡大大小小的細節，艾克邊聽邊點頭，心想著這小子眞不錯。

蛇的故事結束後，艾克說：「好，西奧，斯托騰堡剛剛審完一宗謀殺案，有史以來頭一遭，嫌犯的名字是？」

「彼得．達菲。」

「對，沒錯，彼得．達菲先生被指控殺害他老婆，對不對？」

「沒錯。」

「那麼告訴我達菲先生的故事，從殺人事件與警方如何發現屍體開始，那場審判你在場，對吧？」

「對。」

「很好，跟我說吧。」

西奧在另一張椅子上，膝蓋彎曲坐著。彼得．達菲事件是他最喜歡的話題之一，彷彿能永遠談論這件事，他時不時望向法官，而牠似乎在休息，一點動靜也沒有，西奧也偶爾瞥向艾克，他清醒得很，盯著牆壁點頭，星星也不時從門外窺探，總是帶著一抹微笑，總是在大廳不遠處聆聽。

西奧將達菲案最後一部分作結。艾克說：「還記得那次我們倆大老遠跑去拯救愛波．芬摩嗎？就我們倆那次。」

「我當然記得，艾克，怎麼可能忘記？」

「好，來說說那件事。」

「輪到你了，艾克，你也是相關人士。」

艾克說：「好吧，我印象中，有一晚，你的好朋友愛波從家裡消失了，當時他們家空無一人。」艾克起身伸展雙腿，他蹲了幾下，將指關節弄得喀喀作響，等血液循環好一點再繼續說，其間西奧也跟著補充說明，一開始只補充幾點，不過大約二十分鐘後，他們開始輪流說故事，在腦海裡重演他們尋找愛波，從她爸爸手裡救回她的那段冒險。

午夜時分，星星帶了幾瓶水給他們，並快速地檢查傷患，法官雖然在呼吸，卻依舊昏迷不醒。

艾克說：「星星，歡迎加入我們的說故事時間，你想要一起玩嗎？什麼故事都好，因爲法官不在意，牠只是喜歡聽故事。」

西奧很想知道她是怎麼在鼻子上打洞還穿了鼻環，不過他知道那個話題可能是禁忌。星星說：「我想想看，等下就回來。」

「我猜她不喜歡講故事。」艾克喃喃自語。「西奧，那次有人擅自打開你的櫃子，把東西栽贓給你呢？警察還差點逮捕你，幾個月前的事，對吧？」

「怎麼可能忘記？」

「還一直割破你的輪胎。」

「對。」

「太好了，再說一次那個故事給我和法官聽。」

西奧突然覺得很累，他的身體很疲乏、需要睡眠，心裡也像是被掏空一般。他站起來，像艾克那樣蹲了幾下，接著開始說他如何被指控犯罪，還差點被逮捕的恐怖故事，艾克也有涉入這件事，於是他隨著故事發展，穿插一些細節。

他們在檢查室裡喋喋不休，星星也在大廳這邊聽得興味十足。到了半夜兩點左右，他們才安靜下來，星星往內一瞥，看到西奧在角落蜷著身子，以奇怪的姿勢睡在他爸爸帶來的睡袋上；艾克雙腳抬高，不知怎麼的，也坐在一張椅子上睡著了。

她緩緩走進房間，輕輕碰觸法官的心臟部位，牠的心仍然怦怦跳著。

星期六早晨，警方調查人員抵達柯爾醫生的診所。醫生還沒來，星星卻已經將前門的鎖打開，迎接警官。他們與西奧和艾克聊了大約十五分鐘後離去，他們說今天早上的計畫是跟三個男孩談談，接下來是哈迪和伍迪。西奧這才得知昨天下午警方趕到時，那幾個場勘人員早就不見蹤影，因此尚未逮捕任何人，警方倒是已經運回西奧的腳踏車，他可以去警局領車。艾克開門見山地表示，布恩家肯定會提出告訴，請求逮捕那些人，送上法庭。

西奧並不知道，哈迪暗暗背下勘查人員的車牌號碼。

布恩夫婦帶來甜甜圈和咖啡，艾克隨即離去，他保證下午會回來。柯爾醫生在早上九點幫法官做檢查，說牠的情形沒什麼改變，儘管能熬過昨晚是個好預兆，這位獸醫勸他們不要過於樂觀。布恩太太建議西奧先回家，洗洗澡、休息一下，但是西奧拒絕了，在法官醒來、狀況穩定下來之前，西奧絕對不會離開牠。

沒有人與西奧爭論。

布恩先生走了，布恩太太則留下，她在接待室的一角給自己建了一個小型辦公室，打開筆記型電腦，開始瀏覽電子郵件。她隨身攜帶一個厚重的公事包，裝滿各種待辦事項。西奧坐在她旁邊，稍微聊了幾分鐘後就回去看看法官，這樣一來一回，一來一回，生病的貓狗陸續進出接待室，時間就這麼緩慢地過去。柯爾醫生因爲在這一帶開業多年，非常受歡迎，而且他發現週六的生意總是特別好，他寧可星期一休假去打高爾夫球，但每週六都忙碌無比。他每個小時都來看看法官的狀況。

布恩先生來了，換布恩太太離開，愛波也騎著腳踏車回來陪西奧，這次她媽媽沒跟在身邊，她待了一個鐘頭。柯爾醫生和其他工作人員不注意時，西奧偷偷讓愛波進來看看法官，她一看到傷患的模樣，眼淚就撲簌簌地流下，只見法官蓋著一條白色床單，頭部的毛被剃光，雙眼緊閉，小小的粉紅色舌頭垂在外面。西奧自己則是已經哭累了。

柯爾醫生讓法官再拍一次X光，然後宣布牠的腦血腫並沒有變大或變小。下午兩點，另外一位獸醫麥肯錫醫生來到診所。據柯爾醫生說，麥肯錫醫生是他的朋友，也是可以信賴的同僚，他專程來查看法官，提供第二種意見。兩位獸醫將西奧請出診療室，然後對法官又戳又刺，一會又研究牠的X光片，法官的狀況似乎很不樂觀。

星期六一整天，西奧幾乎都待在法官身旁，他父母來來去去，獸醫來來去去，技師來來去去，伍迪、哈迪和愛波也來來去去。關上門後，西奧溫柔地摸著法官背上的毛，悄聲對牠保證不會有事的。他專注看著法官的腹部緩緩起伏，那是牠還在呼吸、還活著的證明。「醒來吧，孩子。」他彷彿說了一百萬遍。

法官是米克斯犬，血緣和年齡皆成謎，曾經被遺棄而由市立動物管制局保護，後來進入收容所，接受預防針注射並妥善餵養與梳理後，開放讓人領養，卻沒人要他。斯托騰堡的動物權運動人士一直在遊說市立收容所實行不殺生政策，但令人難過的是，事實上有太多流浪貓狗，卻沒有足夠的人願意領養牠們。法官在收容所待了六個月後，市政府不得不「人道處理」這些沒人想要的動物，那時候的法官的六個月期限已到，距離生命盡頭只剩幾個小時。

兩年前，西奧當時十一歲，他跟爸爸一起上動物法庭去幫一個朋友的忙，因爲朋友養的德國牧羊犬第三次咬傷郵差而鬧上法院。動物法庭有許多別名，其一爲貓咪法庭，位於法院地下室，律師都認爲那是整個司法體系中最低階的地方。事實上，多數律師避免與動物法庭有任何關係。

葉克是兼職法官，或許也是斯托騰堡唯一願意與動物法庭扯上關係的律師。德國牧羊犬一案開庭後，葉克法官突然看著西奧說：「說說看，西奧，你的狗是哪一種？」

西奧當時坐在爸爸後面，忽然獲得與法官相識的榮耀，儘管只是在動物法庭也無妨。西奧站起來說：「這個嘛，法官，我沒養狗。」

「爲什麼不養呢？每個孩子都需要狗。」葉克法官看著布恩先生說：「伍茲，你爲什麼不讓孩子養狗？」西奧滿心歡喜，忍不住泛起一抹微笑，牙齒和牙套都笑開了。他一直央求爸媽至少在一年內讓他養狗。

布恩先生似乎很尷尬地說：「嗯，法官，我們會再討論這件事。」

西奧與葉克法官變成好朋友之後，他才知道其實葉克熱愛動物，根本不忍心看牠們被撲殺。他看著一名法警說：「把那條米克斯犬帶過來。」那位法警走進某扇門，幾秒內就帶著一隻米克斯犬出現，也就是後來被命名爲法官的狗兒。

葉克說：「看看這英俊的小子，西奧，牠不就可以變成你最棒的朋友嗎？」

那英俊的小子直直地看著西奧，而西奧也那麼看著牠，那一瞬間注定了他們長久的友誼。法官大約到成人的膝蓋那麼高，體重十八公斤，感覺有不少獵犬血統，長著厚厚的毛和褐色的大眼睛，牠是西奧所見過最可愛的狗。

「牠當然可以。」西奧好不容易擠出一句話。

「你看怎麼樣，伍茲？」葉克法官說。

「啊，我不知道。」

「那麼就這樣決定了。這傢伙在收容所已經待滿六個月，也就是死期已到，預定明天早上被處理掉，如果你們不帶牠走，牠的小命就沒了，那多讓人遺憾啊。」

的確會很遺憾。最後西奧和狗兒一塊離開。

他爸爸事後告訴他，葉克法官這一步險棋是出了名的，他常常帶一些將被撲殺的可憐小狗小貓到動物法庭，然後強力推銷給心裡完全沒譜的人，這是很多人迴避動物法庭的另外一個理由。

天黑後，布恩太太嚴厲地告訴西奧該回家一趟了，即使只是去洗澡、刷牙、換衣服和吃點東西，布恩先生也同意這麼做，而且他們好像有一種非如此不可的決心，但西奧也很堅定。「我不要離開法官。」他堅持。眼看一場小型家庭鬥爭即將展開，此時艾克從前門大步走進來，然後說：「老法官還好嗎？」

「還撐著。」西奧說：「今晚可能又是漫長的一夜。」

「我們撐過昨晚啦。」艾克咧嘴笑。「我相信我們能幫法官度過另一個夜晚。」

「你要留下來嗎？」西奧問。

「沒有比這個更重要的了。」

最後布恩夫婦終於離去，星星則返回診所值夜班，柯爾醫生在八點左右查看法官的狀況，接著也離開了，不過就像之前說的，他會密切注意來電。

另一個漫長的夜晚就此展開。

第16章

週日清晨，兩位警員在一棟紅磚小屋外敲門，這裡是斯托騰郡的鄉下地方，在一個名叫塔夫斯堡的社區附近。小屋主人終於應門，態度強硬地問對方有何貴幹，警員詢問他的名字時，他回答：「賴瑞．山森。」

「那麼你被逮捕了。」其中一位警員說，另外一位則從腰帶取下一串手銬。

「爲什麼？」山森質問。

「傷害罪。到外面來，你得跟我們走一趟。」

山森大吵了幾分鐘，卻馬上被制伏並投降，過程中不斷強烈抗議。兩位警員建議他閉嘴，同時將他推進警車後座。

在此同時，另外三名男子也在本郡的幾個不同地方被捕，男孩們所說的矮子，其實本名是萊斯特．葛林，而「策略性勘查」公司的管理人就是那個年紀較大的男子，他叫做威利斯．啓斯；絆倒伍迪的第四個傢伙是吉諾．高登。四名男子都被送入斯托騰堡監獄，在那裡辦手續、取指紋、拍照，並以攻擊與擅闖他人土地罪名起訴。經過幾個小時的電話與文書作業，他們接受保釋且安排好出庭日期。

他們被拘留後，警官毛洛伊隊長駕車到獸醫診所與布恩家人會面。毛洛伊隊長是資深警官，他的名號廣為人知，也相當受人尊敬，尤其是斯托騰堡老一輩律師。星期五下午在昆恩農場出事後，他就一直關注這個案子，也知道當時負傷的狗兒現在生命垂危，毛洛伊隊長是哈迪父親擔任牧師的教會教友，因此跟昆恩家族很熟。

西奧的爸爸總是說，在小地方生活很容易被激怒，因為每個人都知道你的事，但也正因如此，生活也相對容易且安全，前提是要有正確的人脈。毛洛伊隊長就是那些好人之一。

毛洛伊隊長抵達柯爾醫生的診所後，在接待室遇見腿上蓋著毯子、正在看週日報的布恩太太，她向隊長說明了一下狀況，自己已經在這裡一個小時，而西奧和他伯父則是連續待了兩天兩夜，至於柯爾醫生隨時會過來，法官仍舊沒起色。

毛洛伊隊長花了幾分鐘與布恩太太喝咖啡，傳達逮捕的消息，說到一半，西奧和艾克也走進接待室。西奧從星期五早上開始就沒洗澡，看起來彷彿一直睡在地上，而那也是事實，艾克還是邋遢的老樣子，臉上很多皺紋，一頭蓬亂的灰色長髮束成一個馬尾。互相介紹後，毛洛伊隊長問：「狗兒現在怎麼了？」

西奧回答：「還撐得住，心跳微弱，沒有別的進展，現在還沒恢復意識。」

「我很遺憾。」毛洛伊隊長說著，拿出一個資料夾。「我想給你看看這個。」他拿出四大張彩色人像照片，每張都是不同的臉，放在堆滿雜誌的咖啡桌上。「看看這些傢伙，你之前看過他們嗎？」

西奧低下身子看，不到幾秒就說：「就是他們，他們四個人。」他指著萊斯特（矮子）的照片說：「這個傢伙搶走我的手機，還把我推倒。」又指著賴瑞．山森說：「這個壞蛋拿棍子一直打法官。」他指向威利斯．啓斯說：「這個比較老的是老闆。」然後是吉諾．高登，他說：「這個傢伙絆倒伍迪，還對我們罵髒話。」

毛洛伊隊長微笑說：「我也這麼想。此時此刻，這幾個傢伙已經被捕，在市區做筆錄。今天早上他們可能會交保離開。西奧，你懂這些事嗎？」

西奧當然懂。他點頭說：「是，警官。」

艾克拿起賴瑞．山森的照片說：「這就是那個想殺死法官的壞蛋。」

「就是他。」西奧毫不遲疑。

「那這個混蛋什麼時候受審？」

「還不確定。」毛洛伊隊長說。

「他看起來就有罪。」艾克輕蔑地說。

「他當然有罪。」西奧說：「還有證人。」

「這些傢伙住在哪裡？」布恩太太問。

「這附近。他們在一間場地勘查公司工作，受雇於政府，他們想進行關於支道興建的前置作業，但看來是過於心急，竟擅入私人土地。」

「要送他們去坐牢。」艾克說，一副法官口吻。「我說的不會錯，這幾個小丑非坐牢不可，而且我們要告他們傷害。」艾克看起來已經準備好出拳。

布恩先生從前門進來，手裡拿著一盒甜甜圈和另外一大疊今天的報紙。西奧一直覺得他爸媽每個星期日消耗的報紙份量相當驚人，通常是從廚房的桌子到起居室，散落著四大份報紙，天氣好的時候，甚至會在後陽台上。西奧負責的家事之一就是整理回收物品，他在車庫的某個角落放了四個大型塑膠桶，分別用來存放玻璃、塑膠、鋁製品與紙類，紙類那一桶總是滿的，總是被一落落報紙塞爆。他不只一次問爸媽，爲什麼不看線上新聞？他們明明都有筆記型電腦，用來處理商務和個人電子郵件，爲何不讀網路新聞，節省紙張？他們的答覆總是模糊不清且差強人意，至少對西奧是如此。

他瞪著那疊週日報，心想：眞浪費。他的思緒瞬間回到現在，不解地想著，他，西奧·布恩的狗正在死亡邊緣掙扎，而且他本人也連續兩晚在動物醫院打地鋪，這種時候竟然擔心起舊報紙回收的事。他拿了一個甜甜圈，兩三口將它吞下肚。

布恩先生跟大家打招呼，詢問法官的狀況，此時柯爾醫生從後面走出來，他穿西裝打領帶，正要去做早禮拜。他們一群人傳閱四名剛被逮捕的嫌犯照片，皺著眉頭，在心裡默默地咒罵這些傢伙。「凶暴的歹徒。」柯爾醫生說了諸如此類的話。

西奧靈光一閃，他望向毛洛伊隊長說：「我可以借一下賴瑞．山森的照片嗎？」毛洛伊隊長遞照片給他，大人們看著西奧走進後面的檢查室。

檢查室黑暗又荒涼，只有法官躺在桌上，過了這麼久，仍然毫無動靜。西奧開了燈，彎下腰說：「嗨，我的好夥伴。」他在法官耳邊說。「有東西要給你。」西奧拿著賴瑞．山森的照片要讓法官看。「這是害你變成這樣的歹徒，法官。他叫賴瑞．山森，他現在已經被拘留，他們會把他關進牢裡，讓他付出代價。張開眼看看，法官，可惡的賴瑞大塊頭，拿著棍子就自以爲厲害地毒打狗兒，現在他被關起來了。我們贏了，而且這只是開始。」

西奧手持照片，法官卻未睜開眼睛。西奧強忍著淚水，照片也抖個不停，他閉上眼請求上帝眷顧這可憐的狗狗，牠不曾傷害過任何人，而且是西奧最好的朋友，爲了保護他而受重傷。拜託啊，上帝。

幾分鐘後，西奧準備要放棄了。

突然傳來一個聲音，一種微弱的鼻息聲，彷彿是法官在清喉嚨的聲音。西奧張開雙眼，幾乎在同一時刻，法官也張開眼睛，不是大大的眼珠，而是兩條細縫，但西奧看得到法官深褐色的虹膜。「法官，你醒了！」他脫口而出，將身子壓得更低，幾乎碰觸到狗兒的鼻頭。

法官眼睛張得更大些，牠似乎在看賴瑞．山森的照片，瞪著那個人，接著牠張嘴舔了一下嘴脣。西奧把照片放在桌上，用雙手來回撫摸法官的背。

柯爾醫生走進檢查室，然後說：「哎呀，哎呀呀，我想法官還不想離開這個世界。」

「看看牠！」西奧說：「牠完全清醒了。」

「是啊。」柯爾醫生輕輕移除一根管子，摸著腫脹的地方。法官活過來了，嗚嗚地低鳴，還想試著搖搖尾巴，不過右腿上的夾板有點討厭，牠不懂爲什麼這玩意夾住腿。柯爾醫生一碰，法官哀嚎著往內縮。「牠需要止痛藥。」

「我猜牠一定餓壞了。」西奧說，難以遏抑他的喜悅之情。

「肯定很餓，不過我們先給牠點水喝。」柯爾醫生慢慢抬起法官，幫牠在桌子上站好。西奧隨手拿了一個金屬小碗，倒了點水，拿到法官面前，牠立刻把水喝光，彷彿這輩子沒看過水一樣。法官喝著水，桌上弄得一團亂，柯爾醫生在旁邊幫牠站著，西奧從檢查室探出頭大叫：「法官醒了！」

不到幾秒鐘，檢查室擠滿人，四位布恩家人、柯爾醫生、毛洛伊隊長和兩位獸醫師圍在桌子旁，看法官攻擊那碗水。最後柯爾醫生放開牠，於是法官．布恩神氣活現地以三條腿和一條斷腿自己站在桌子上，雖然牠被剃毛的頭有點腫脹，看起來像是被卡車輾過，但現在很開心，有點疑惑爲什麼身旁這麼多人類在哭泣。

法官回來了。

第17章

地點是動物法庭，位於斯托騰郡地方法院的地下室。那棟雄偉而睥睨天下的古老建築物裡有一個布滿塵埃的長廊，通往幾個被人遺忘的房間，其中最大的一間門外寫著：動物法庭。那裡面全是政府淘汰不用的東西，各種不同的老舊摺疊椅隨意組合，飽經歲月摧殘的桌子則被當成法官席，半退休法警也會不時出現，還有鄙視自己工作的重聽老助理。地下室以上的法庭設備完善得多，西奧也全都去過，他的最愛是甘崔法官主持的大法庭，他也喜歡動物法庭，因爲在那裡即使不是律師也能出庭辯論。年僅十三歲的西奧，已經在葉克法官面前贏過好幾個讓人印象深刻的案子。

灰撲撲的動物法庭與裡面的事物或許老舊，但葉克法官絕對不老派。他年約四十，留著鬍子和長髮，而且他不愛黑袍與領結，反而偏好穿藍色牛仔褲和戰鬥靴出庭，既酷又時髦，西奧很喜歡他。其實這只是份兼差，葉克法官每星期可以扮演法官四次，因爲斯托騰堡沒有別的律師想做這件差事，動物法庭的位階太低，法官個個都不願意靠近。

西奧經常到動物法庭走走，開庭時間是星期一至五的下午四點到六點，通常案卷中至少會有一兩件有趣的案子，不過有時候生意冷清，西奧就會拉把椅子和葉克法官聊法律、法律學校、其他律師，還有盛傳的法律八卦，但最主要的話題還是審判。傳聞葉克法官不開庭的時候，在一間經營不善的小公司工作，西奧不免有點同情他。

蟒蛇、咬人的狗、吐口水的駱馬、潛水炸彈般的鸚鵡、郵購巨蟒、狂犬病發的貓、無法無天的猴子、有啤酒肚的豬、致命蜘蛛、不臭的臭鼬、受傷的獅子、遭遺棄的鱷魚寶寶、非法進口的鬥雞、飢餓的熊、發狂的駝鹿，族繁不及備載，動物法庭裡什麼都有，葉克法官看到什麼都習以爲常。

然而他從未見過這麼多人。星期三下午五點，動物法庭擠滿了人，大家情緒緊繃。法庭一側坐著布恩一家人——布恩夫婦，他們是本地優秀的律師，而他們中間坐著年輕的西奧，坐在西奧旁邊地板上的那位看起來有點熟悉，但有點腫脹且裹著繃帶的臉又讓牠看起來有點不一樣。這條米克斯犬已經被重新命名爲法官，以榮耀葉克法官。雖然西奧是這麼說，葉克法官早就聽說這個年輕人曾經對好幾位其他法官說過同樣的話。艾克．布恩坐在西奧正後方，他曾是斯托騰堡傑出的律師，幾年前摔得很慘。

擠在布恩一家後面的是一群朋友。伍迪、他爸媽以及兩個哥哥全家到齊；哈迪．昆恩、他爸媽、爺爺奶奶、幾個叔叔、姑姑和幾位表親都在場；幾位西奧學校的朋友，包括雀斯、愛波和她神經兮兮的媽媽也來了；蒙特老師和毛洛伊隊長前來助陣，柯爾醫生和星星也到了，準備有需要時出來爲法官的傷勢作證；柯爾醫生旁邊坐著事務所的艾莎；最後兩排是法院常客，他們不願錯過任何一場精采的辯論。

法庭的另一側，皺眉怒視、肩並肩坐著的幾位，顯然因自己被迫出庭而恨得牙癢癢，他們就是星期日早晨遭逮捕的那四名男子，來自名爲策略性勘查的公司，分別是賴瑞．山森、萊斯特．葛林、威利斯．啓斯與吉諾．高登。他們後面坐著老婆、女朋友、家人和一些閒雜人等，而他們前面坐著一位名叫莫拉．卡佛瑞的熱門律師，由於她具攻擊性的特質、突發的動作和快人快語，在某些地方以莫兒．咖啡因❹聞名，但就像斯托騰堡的絕大多數律師，她並不想被人看見出席動物法庭。

在兩組中間備有兩名年輕警員，身穿制服並配槍。葉克法官認爲這個案子的緊張情勢可能會升高，所以要求加強警備。

葉克法官說：「好的，接下來這個案子牽涉到某些複雜的議題。我想我了解事情的發生背景與大多數指控，四名策略性勘查公司的員工，包括山森、葛林、啓斯和高登被指控犯下傷害罪，攻擊一名未成年人與擅入私人土地，這些指控將由巡迴法庭審理，而非本庭。我也了解今天早晨席拉斯．昆恩先生對這四名男子與其雇主提出了告訴，這也會在其他的法庭擇日審理。」

葉克法官停下來，環顧擁擠的房間。「本庭管轄範圍僅限動物，而我手中有一份西奧多．

布恩先生的起訴書。他控告賴瑞．山森先生手持一公尺半的勘查棒攻擊他的狗，直到狗兒失去意識。我看來這顯然是虐待動物，故本庭在此宣布行使審判權。有何答辯，卡佛瑞律師？」

卡佛瑞女士拿著筆記本和遠視眼鏡站起來說：「庭上，我方已提出動議，否認這些指控或直接移送巡迴法庭。」

葉克法官粗魯地回應：「動議駁回，還有在我的法庭不需要站起來。還有別的嗎？」

這景象西奧並不陌生，瞧不起動物法庭的熱門大律師在葉克法官面前擺出高姿態，最後下場都不大好。

卡佛瑞女士坐下說：「是的，庭上，我們希望有一份這場審判的紀錄，所以請了一位書記官進行即時謄寫。」

「當然。」葉克法官聳聳肩。動物法庭並不會留下紀錄，也就是說所有證人的證詞與法官和律師的陳述都不會以任何方式保留。這棟建築裡的其他每一個法庭都有一位書記官或速記員，用電子或打字方式逐字逐句記錄下來，由於男孩們、法官和勘查人員的衝突已經引發許多法律問題，請人開始記錄證詞是正確的一步。

「還有其他的嗎？」葉克法官問卡佛瑞女士。

---

❹「莫兒」為more的諧音，「莫兒．咖啡因」在此意指「更多的」咖啡因。

「是，庭上，爲免徇私之嫌，請您迴避擔任本案法官，讓其他法官代爲審理。」

葉克毫不閃避。「基於什麼理由？」

「據我所知，本案的關係狗在兩年前由這個法庭送出，也就是說，布恩家領養一事是由您所促成。」

「這會有什麼問題？不然誰還會處理這類的事？」

「這有點那個，呃，看起來好像是，您與這條狗關係匪淺。」

「我已經兩年沒看到牠了。」葉克法官回應。「而這段時間，本庭送出的狗兒數量高達一千。你的請求被駁回。現在可以開始了嗎？」不論是卡佛瑞女士，或是在場的其他人，都明白她在法官心中已處劣勢，接下來事情只會變得更糟。

卡佛瑞女士沒有回應。

「還有其他的嗎？」葉克法官口氣嚴厲。

她搖頭表示沒有。

葉克法官說：「布恩太太，本庭以爲你在此擔任你兒子，也就是狗主人的律師，而布恩先生則是你的協理律師，這樣對嗎？」

「正確無誤，庭上。」布恩太太帶著親切的微笑。

「那就請你的第一個證人上前。」

布恩太太說：「西奧多．布恩。」西奧起身走了十步，在靠近法官的一張舊椅子坐下。法官問：「你發誓所言屬實？」

「我發誓。」

葉克法官說：「聽著，西奧，我知道你對這個法庭並不陌生，但今天狀況有點不同，那位書記官會記下我們所說的每句話，所以希望你能放慢速度，要把話說清楚，可以嗎？其他證人也一樣。」

「是，庭上。」西奧說。

「布恩律師，請繼續。」

布恩太太坐著說：「好，現在由西奧說明事情經過。」

西奧盡量緩慢而清晰地重述他們遇見勘查人員後所發生的事。他直接指著賴瑞．山森，描述這個人如何棒打法官，後來說到自己用手托起血流不止且失去意識的狗兒拔腿狂奔時，西奧的聲音有點哽咽，說到他抱著狗跑走時，還聽到這幾個男人竟然在後面大笑。西奧作證時，先看著法官，再望向他媽媽、爸爸、艾克、他的朋友，偶爾也看著那幾個男人，他們四個全都將手交叉在胸前坐著，賴瑞．山森還不只一次皺眉搖頭，彷彿覺得西奧在說謊。

他一口氣說完這件事。卡佛瑞女士表示放棄詰問。

接下來換哈迪作證，然後是伍迪，三人說法一致，全都是實話。他們作證時，法庭內鴉雀無聲，葉克法官仔細聆聽每一個字。

「布恩律師，還有其他證人嗎？」

「暫時沒有，或許等一下再傳喚。」

「很好，卡佛瑞律師，現在請你第一個證人上前。」

她坐著說：「庭上，我方第一個證人是賴瑞．山森先生。」這名證人站起來，彷彿刻意踩著沉重的步伐走向前。法官見狀便緩緩起身，試著用三條健全的腿和一條骨折的腿保持平衡，並發出一聲低吼，不過那只是西奧和艾克聽得到的程度。西奧俯身摸摸牠的頭，發出「噓——」的聲音，法官這才稍微放鬆，但雙眼仍盯著賴瑞．山森先生，彷彿覺得這個傢伙會隨時開始攻擊，非見血不可。

山森先生坐在證人席，發誓所言屬實，然後馬上開始說謊。交代完他住的地方和工作場所後，卡佛瑞女士問：「好，山森先生，你已經聽到這些男孩的說法，請對大家說你的版本又是如何。」

他露出詭異的笑容，開始提供證詞：「這些孩子在說謊，三個都是。事情發生在星期五下午，我們辛苦工作了一星期，終於要告一段落，騎著腳踏車的三名男孩卻突然現身，狗也跟在旁邊，一開口就威脅我們。現在穿藍襯衫坐在那的男孩，那個叫哈迪的，他口氣很大，說我們在他們家土地上什麼的，硬是要我們馬上離開，不過你知道，我們本來就要走了，一天的工作、一個禮拜的工作就要結束了，但那個能言善道的小子囉唆個不停，一直說那是他們家土地，然後那個布恩小子突然說什麼我們入侵別人土地，要把我們抓起來。他們一直吵，我們也不斷回嘴，可是我們可不想和一群渾小子打起來。最後我們跟這些男孩說，不管怎樣，我們要離開了，他們才跳上車，那條狗老早就在嗅來嗅去，鬼叫個不停，一副壞樣，總之他們騎腳踏車離去時，牠不知道怎麼著擋到路，男孩們就撞了上去。雖然我沒親眼看到，但我聽見狗在慘叫，回頭時看到腳踏車和男孩們都撞在一起，壓在底下的就是尖聲吠著的狗。牠就是這樣受傷的。」

西奧看起來像是被搧了一巴掌，同時聽到伍迪和哈迪在後面倒抽了口氣，法庭裡布恩這邊的人似乎都嚇傻了，有一兩秒鐘反應不過來。

他們的反應，葉克法官都看在眼裡。

後來布恩太太終於從震驚中恢復過來，她說：「所以說，山森先生，你不曾棒打或是以任何其他方式碰這條狗？」

「我沒有。」

她懷疑地點頭，然後直視葉克法官。在這種情況下，大可以試著與證人爭論或討價還價，不過經驗豐富的她不會這麼做，因爲她出庭次數太多，她已經知道接下來會發生什麼事。那四個人捏造了一個謊言，而他們會全部口徑一致，最後葉克法官必須決定哪個故事可信度較高，布恩太太有預感，法官會站在西奧這邊。

「我沒有問題了。」她說。西奧靠在她耳邊說：「媽，他在說謊。」她只是點點頭；伍迪靠在他爸爸耳邊說：「爸，他在說謊。」哈迪靠在他爺爺耳邊說：「爺爺，他在說謊。」

「請傳喚下一個證人。」葉克法官說。威利斯．啓斯走向前時，葉克法官的目光飄向西奧，對他很快地眨眨眼。除了西奧，沒有人發現。

啓斯先生承認自己是公司管理人，卻不願談談他是否帶著員工擅自闖入私人土地。這個議題將在別的法庭審理，至於負傷的狗，他的版本和賴瑞．山森相同，沒有棍子這回事，當然也不曾棒打狗兒，他們跟這隻動物沒有任何接觸或衝突。可憐的狗不知怎麼著被捲入車陣，被其中一輛或多輛腳踏車輾過，由於不是親眼目睹，某些細節相當模糊，布恩太太試著逼問事件發生時他的所在位置，但啓斯先生的記性不大好。

萊斯特．葛林上場後，說了更多謊話，雖然記性比他老闆更差，卻一口咬定事實就像他們說的那樣，法官的傷全歸咎於腳踏車事故。他說完以後，葉克法官愈來愈不耐煩，接下來說的話更是讓人背脊發涼：「這位先生，你知道僞證罪是什麼嗎？」

這名證人看起來很困惑、茫然，還有點受驚嚇。葉克法官於是幫他一把。「葛林先生，證人在台上發誓所言屬實後卻開始說謊，這就是作僞證。懂嗎？」

「我大概懂了。」

「好，那你知道在本州犯下偽證罪的刑罰是什麼嗎？」

「不知道。」

「不會吧。刑罰由本庭決定，最高可處十二個月的監禁。你的律師沒跟你解釋過嗎？」

「沒有，庭上。」

「不會吧。你可以回座位了。」

關於偽證罪的討論讓法庭的另一側泛起陣陣恐懼的漣漪。賴瑞．山森、威利斯．啓斯和萊斯特．葛林都緊張地看著彼此，而卡佛瑞女士則忙著做筆記。

布恩先生低下身子對西奧說：「他們要去吃牢飯了。」

法官一聽到就抖了抖耳朵。

「請傳喚下一個證人，卡佛瑞女士。」葉克法官粗聲說。

「吉諾．高登先生。」

吉諾．高登先生忽然喪失作證的力氣，不論從椅子上站起來、走幾步路到證人席，或是在證人席的椅子坐下，都顯得相當困難。如果世界上有想逃離法庭的證人，那一定非吉諾．高登莫屬。

「你是否發誓所言屬實？」葉克法官問。

「我想大概是吧。」

「高登先生，是或不是？」

「好啦，是。」

「好，在你開始提供證詞之前，我想問你知不知道什麼是僞證罪？」葉克法官的聲音提高，充滿諷刺意味，擺明了認爲高登接下來只會扯謊，就像他同事一樣。

「是，我知道。」他回答，緊張得眼神飄移不定。

「你知道作僞證，情節嚴重的會坐牢嗎？」

他還沒能回答，卡佛瑞女士就怒氣沖沖地說：「拜託，庭上，他什麼都還沒開始說。」

「我當然知道。」葉克反擊。「我這只是在警告他，好嗎？請繼續。」

高登先生看起來彷彿從頸部以下都痲痺了，只剩下臉部肌肉還能動。他痛苦地皺著眉頭，露出極爲困惑的表情。他雖然試著說話，卻什麼也說不出口；當他憤怒地望向卡佛瑞女士，卻發現她忙著翻公事包找東西。

如果說謊，就會去坐牢；如果說實話，他的好兄弟賴瑞就會被定罪，老闆還有可能把他開除。最後他終於含糊地說：「呃，庭上，其實我什麼都沒看到。」

一切如葉克法官所預料的，但他很快地反駁說：「可是三個男孩都說你在那裡，怎麼可能沒看到？你說的是眞的嗎？」

「呃，是這樣的，庭上，其實我不想作證。」

「算你聰明，回去坐好。」

法庭大門被推開，又來了兩名警員，他們跨開大步走進來，找位子坐下。

「卡佛瑞律師，還有其他證人嗎？」

「沒有了，庭上。」

「布恩律師呢？」

「是，庭上，我方想傳喚尼爾．柯爾醫生到前台，他是治療法官的獸醫。」

柯爾醫生走向證人席並宣誓。布恩太太請他形容法官的傷勢，他慢慢地交代了許多細節。柯爾醫生證實牠全身有多處傷口，分布在頭部、側腹部、後腦勺，肋骨外側的兩個傷口顯而易見，還有骨折的右前腿。

布恩太太說：「您也聽到其他證詞了，柯爾醫生，到底是怎麼受傷的？是木棍連續重擊，還是腳踏車的橡皮輪胎輾過？」

「我反對。」卡佛瑞女士說。

「反對無效。請回答問題，柯爾醫生。」

柯爾醫生微笑，隨即深深吸了一口氣，然後說：「主張牠是被腳踏車輾過而受傷實在太荒謬，牠是被某種鈍物多次重擊而受傷。」

葉克法官看著卡佛瑞女士，但她無話可說。「謝謝你，柯爾醫生，請回座。兩造律師還需要補充什麼嗎？還有其他證人嗎？」葉克法官看看手錶，繼續說：「我們已經在這裡將近兩個鐘頭，在判決之前，還有誰想說點什麼嗎？」

沒有志願者。布恩這邊大致上感覺該說的都說了，走道的另一邊則瀰漫著恐懼。

葉克法官看著書記官說：「請記錄下來。關於事情的經過，有兩種截然不同的版本，三個男孩說的是一種版本，而這三名員工說的是另一種，儘管眞相通常介於兩者之間，本案卻非如此。我相信男孩們說的話，也相信這些勘查人員——山森先生、啓斯先生和葛林先生只是編故事以擺脫麻煩。」他怒視三名被告，繼續說：「我想你們以爲走進這個小小的法庭，就算隨便扯謊也不會有事。你們認爲自己是成年人，因此法庭當然會信你們勝過一群毛頭小子，但不幸的是，不論是誰，說謊就是說謊，在法庭內宣誓後說謊，更是一種汙衊司法體系的行爲。山森先生，你因虐待動物，犯下三級傷害罪，再加上是刻意傷害，因此本庭判你六個月的有期徒刑。」

山森大吼：「六個月！你在開玩笑嗎？」

「不是玩笑，你覺得不夠嗎？」

「你瘋了！」山森再次大吼，彷彿準備攻擊葉克法官。兩名警員立刻起身，埋伏在附近，山森的老婆開始啜泣。「我有老婆和孩子要養啊！」他大吼。

「安靜，山森先生。」葉克法官喝止。「我話還沒說完，你還犯了僞證罪，因此除了上述的六個月，還要再加六十天監禁。」

「這是什麼動物法庭嘛，分明就是在耍猴戲。」山森低聲怒罵。

「把他帶走。」葉克法官對警員說罷，他們立刻抓著他上手銬，半拉半扯地把他拖走。大門砰地關上後，葉克法官怒視威利斯．啓斯和萊斯特．葛林，兩個人都驚恐地張大眼睛，臉色蒼白。法官深吸了一口氣，他們則屏住氣不敢吭聲聽著宣判：「至於高登先生，由於你擁有閉上嘴、不作僞證的智慧，今晚你可以平安無事地回家，而啓斯先生和葛林先生就沒有那麼幸運了，本庭在此宣判你們犯下僞證罪，處以六十天監禁。」

「我們會提出上訴。」卡佛瑞女士說。

「你們有權上訴，但現在他們要先開始服刑。」

警員們迅速地將啓斯與葛林圍住，上好手銬後，押著他們離開法庭。

他們經過法官旁邊時，牠用四條腿站起來，奮力地大聲咆哮。

第18章

法官睡在西奧的床頭邊，而非床底下，如今已成慣例。在牠輾轉反側的夜晚，有時會因傷口疼痛而嗚咽，此時西奧通常會對牠輕聲說話，直到牠重新入睡爲止。法官復原速度很快，同時也很喜歡額外的呵護，西奧雖然沒睡好，但他並不在意，他再也不會爲了任何事而對他的狗大驚小怪。

動物法庭過後的星期四早晨，西奧抱著法官下樓，讓牠在後院裡溜達。穿著浴袍的布恩太太坐在廚房桌邊啜飲咖啡，一邊看報。「頭版。」她邊說邊把《斯托騰堡公報》遞給西奧。

頭版最下方，粗體標題寫著：勘查人員入獄。報導中間置入了一張西奧抱著法官要離開法庭時的照片，他當時興奮不已，幾乎沒察覺記者和攝影師的存在。

「哇。」他欣賞著這張照片，下面的圖說寫著：西奧，抱著他的狗「法官」，表示他計畫對抗支道建案與所有想促成本案的惡棍。

「你眞的這麼說？」他媽媽問。

「大概是吧。」

「語氣好像有點強烈，是吧？」

「或許吧。」西奧讀著這篇報導，發現他們引用了他父母的話，還有莫拉．卡佛瑞、葉克法官和賴瑞．山森，大致上這篇的描述還算正確。但是被告不服判決，研擬提出上訴，卡佛瑞律師承諾，將在星期四中午之前讓她的客戶保釋，而席拉斯．昆恩先生說他已經對這四人與其所屬公司提出民事訴訟。諸如此類的新聞，沒什麼新意，除了那張西奧和法官在頭版的照片，西奧喜歡那張照片。

「你不應該說他們是惡棍。」布恩太太說。

「為什麼不？他們明明就是惡棍，難道不是嗎？他們擅自進入別人的土地，還用木棍打我的狗。總不能說他們是好人吧？」

「你要小心那些記者，西奧，他們隨時都在準備抓住別人的小辮子，尤其是那個諾里斯．福雷。」

「諾里斯．福雷是誰？」

「跟你說話的那個傢伙，這篇文章的作者。他經驗老道，知道故事怎麼寫才好看，斯托騰堡哪裡有什麼熱門爭議，諾里斯．福雷就在那裡。」

「那不就是他的工作嗎？」

「是，當然是，但他報導的不一定是真相。」

西奧打開後門，接他的狗回來。法官已經準備好吃早餐，西奧弄了兩碗牛奶穀片，將其中一碗放在他椅子旁邊的地板上。

布恩太太小口喝著咖啡，然後說：「你爸知道這件事後不大開心，他不想讓你跟支道建案的爭議有任何瓜葛。」

「那跟我有什麼關係？」

「顯然現在有關係了，你在頭版新聞，立誓反對支道建案。」

「爸爲什麼介意這個？」

「那是場政治鬥爭，兒童不宜。」

「媽，你是叫我別管閒事嗎？」

「你打算怎麼做，西奧？」

「沒有什麼打算啊。」西奧吃了一口早餐，故意嚼得很大聲。「你認識那個叫喬·福特的人嗎？」

「認識，福特先生多年來都是我們事務所的客戶。你爲什麼問？」

「有謠言說他透過祕密交易在新道路與斯文尼路交會處買了兩百多公頃的土地，所以如果支道建案通過並實行後，人稱『快手福』的福特先生，剛好就能透過土地開發賺取暴利。」

布恩太太皺眉點點頭，不知如何回應。

西奧進一步逼問：「另外還有一個謠言說，福特先生在上次州長選舉曾提供大量政治獻金，這感覺應該是事實而非謠言。就我看來，福特先生給州長錢，接著州長大力推動支道建案，這樣福特先生才能賺更多，然後給州長更多錢。這個說法合理嗎，媽？」

「如果眞有此事，我也不會太驚訝。」

「如果是眞的，感覺也太低級了吧，媽？」

「那並不合法。」她說。西奧覺得她聽起來沒什麼氣勢。

「你難道不覺得很低級嗎？」

「是有點，的確。」

「那我們爲什麼要跟他攪和在一起？」

「我們？」

「對，爲什麼我們事務所要這種低級的客戶？」

「我們事務所？我還不知道你也是合夥人呢。」

「上面有我的名字啊。」西奧說，隨即給媽媽一個閃亮的微笑。

「西奧，這個我們以前討論過，每個人都有權請律師，而身爲律師的我們，不能只挑自己喜歡的客戶。客戶常常是因爲做錯事，甚至做了壞事，所以才需要我們，律師不應該判定客戶的好壞，應該要幫他們才對。」

「我才不要幫騙子的忙。」西奧說，接著又吃了一大口。

她的眉頭緊蹙，嚴厲地說：「不可以叫福特先生騙子。」

「我沒叫他騙子啊。」西奧大聲咀嚼。「我只是說，等我當上律師後，我不會讓騙子成爲我的客戶。」

布恩太太深呼吸，決定不要繼續說下去。西奧也覺得很煩，他和法官沉默地吃完早餐。

導師時間，蒙特老師拿出早報，讓同學傳閱。西奧常常覺得很訝異，竟然只有極少數同學看報，十五個男孩幾乎沒有人看過那則報導，只有幾個看過網路版。法官被攻擊、走了一趟鬼門關的新聞喧騰了整個禮拜，全班同學都想知道動物法庭的其他細節，大家紛紛仔細檢閱頭版報導和照片，討論個不停。西奧的反應很低調，但心裡卻覺得上頭版很酷。審判究竟是如何？愛講話的伍迪也有自己的版本，可想而知，跟西奧的版本愈傳愈不同。

伍迪的父母已對吉諾．高登提出民事訴訟，罪名是攻擊他們的兒子，四人當中唯一保持自由身的就是吉諾，伍迪幾乎等不及以主角身分出庭；哈迪的父母則提出擅入私人土地的告訴，包括刑事與民事法庭。這表示男孩們將展開一整年的法律探險，西奧覺得這實在太棒了，蒙特老師也是，他們聊著案子與相關爭議，十分鐘的導師時間一轉眼就結束了。

哈迪在另外一班，午餐的時候，他來找西奧，他們以各種說法重溫在動物法庭的大勝訴。整個昆恩家族對這個結果興奮不已，也對西奧的表現感到驕傲，這個孩子抱著他裹著繃帶的狗立誓「對抗支道建案與所有想促成本案的惡棍」，他們看了特別高興。

「西奧，你眞的那麼說了嗎？」哈迪問。事實上，西奧不確定他到底說了什麼，旁聽席的群眾離開動物法庭，湧入狹窄長廊時，已經有一群人在外面等待，大家議論紛紛，西奧一時被大家的情緒感染，心情無比激動；那三個人戴著手銬被拖走的畫面也相當震撼；他當時抱著法官，只想趕快離開，對一個帶著相機的人瞥了一眼，他記得接下來他們一起走上樓梯，記者先生跟在旁邊問他問題。

不過西奧的確很喜歡那句話，所以他說：「當然。」

「那眞是棒透了，西奧。」

哈迪說他放學後，想去法律事務所談談支道的事，西奧答應會在那裡等著，也就是說，他會在他本人的辦公室做功課。

下午四點，西奧在辦公室裡，爸爸突然敲門說：「跟我來。」西奧從經驗得知，這是個壞兆頭。爸爸是他辦公室的稀客，他難得穿越成堆的資料夾和雜亂的房間過來，而且他從來不會只說：「跟我來。」

他們走進大會議室，他爸爸將所有門關上，然後指著一張椅子叫西奧坐，自己也在不遠處坐下。他們就座後，西奧知道壞消息要來了。

布恩先生先開口：「上個星期，你在辦公室裡遇到的福特先生是我多年的老客戶，不幸的，這段關係現在已經結束了。今天早上，我接到福特先生的電話，他明白地說要把我開除，不需要我這個律師了。我兒子對支道的事大唱反調，讓他很反感。福特先生多年來一直支持這項建設，他跟很多人一樣，認爲這是社區發展的關鍵。」

西奧一時不知該如何反應，爸爸被炒魷魚感覺很糟，可是以後福特先生不會再來了，他又覺得鬆了一口氣。他認爲福特先生對這件事反應過度，卻也想問爸爸怎麼會幫這種不明不白的傢伙做事。最後他決定不要冒險，只說：「對不起，爸。」

「你媽跟我說你覺得福特先生……怎麼說呢，不誠實。」

謝謝媽，連我們吃早餐的閒聊也一定要大嘴巴。「我只見過他一面，爸，我不了解他。這個人不誠實嗎？」

布恩先生微笑，轉移視線。然後他說：「我從來沒看過喬．福特有什麼不誠實的地方，只能說他很了解遊戲規則。他很有錢，也有很多具影響力的朋友，他已經習慣凡事志在必得，他要別人對他忠誠，這就是他現在尋找另一名律師的理由。」

「他聽起來像個大騙子。」西奧脫口而出。

「他不是騙子，西奧，你不能到處亂叫人騙子或惡棍，知道嗎？」

他爸爸關於這點是對的，於是西奧說：「知道了。」

停頓了一會，他爸爸問：「在斯文尼路購買兩百公頃土地的事，是誰告訴你的？」

是艾克說的，但是西奧知道最好別說實話。他兩手交叉在胸前，嘴巴緊閉，然後說：「我答應過不說的。」他的雙親都知道保密的重要性，所以這招總是見效。

「你該不會是在辦公室裡偷看的吧？」

西奧盡量裝出驚訝的表情。「當然不是，爸爸，我不做那種事。」這並不完全是眞的，他們父子倆都知道。爲了讓情況更明朗，他說：「有人告訴我的。」

布恩先生點點頭，裝出相信的樣子，事實卻不然，而西奧也很清楚。

「那個人還對你說了什麼？」布恩先生問。

西奧說得再多對情況也沒有幫助。「就這樣，沒別的了。」

他爸爸的關切不過證實了喬．福特和他見不得人的勾當，但西奧決定先不提這檔事。快手福這個客戶說再見了，西奧暗自歡喜這個壞傢伙現在已經離開布恩&布恩事務所，而且他懷疑不只是自己這麼想，西奧有預感他媽媽也站在同一陣線。她並不喜歡斯托騰堡的房地產開發商，他們只是一心想吞掉更多土地，蓋更多建築物與購物中心。他們討論過這些事，不論是在事務所，或是在家裡，短促的句子和尖酸的發言都顯示布恩太太不喜歡布恩先生的某些客戶。西奧不應該聽到這些對談，但他一次也沒錯過。

西奧說：「聽我說，爸，我很抱歉，但這些都不是我想要的，不管是法官受傷，還是昨天的審判，事情好像就這樣發生了。如果福特先生很生氣，那我很抱歉。坦白說，他因此不跟我們事務所往來實在是反應過度。」

「我們事務所？」

「我的名字也在上面。」

布恩先生微笑，露出放鬆的神態。西奧懷疑他失去喬．福特這個客戶，其實並不生氣。

「去把功課做完吧。」他邊說邊起身。

「當然，爸。」

第19章

西奧在努力背誦西班牙文單字時，突然有人敲門。是哈迪，他走進門，停下腳步摸摸法官的頭、跟牠說話，然後說：「西奧，你有大概三十分鐘的時間嗎？」

這是個典型的午後，西奧走進辦公室上班，只要功課寫完。他就可以自由來去。「當然，什麼事？」

「我們先騎腳踏車，大約十分鐘就到了，我有東西想讓你看。」

「是什麼？」

「那是驚喜。」

八分鐘後，他們騎到一棟位於德蒙區的古老紅磚倉庫前停下，就在斯托騰學院附近。這裡的倉庫大部分看起來像是荒廢已久，唯獨在街道這一側仍然有好幾間辦公室，其中一間上面寫著：斯托騰環境評議會。

「在裡面。」哈迪說。他們從前門進去，環評會辦公室的空間既深又寬敞，高高的屋頂以椽支撐，露出原始的紅磚牆與急需打掃的水泥地板，這裡的配備包括幾張桌椅、好幾台電腦、空拍照片和釘在牆上的地圖以及至少六、七條狗兒。顯而易見的，如果在環評會工作，就可以帶著自家的狗來上班。整個地方精力充沛，而且多數員工都是年輕人，很多人留鬍子、身穿法蘭絨襯衫與褪色牛仔褲。

哈迪的父親查爾斯．昆恩牧師正在跟人談論嚴肅的話題，一抬頭瞥見西奧就立刻拉開嗓門：「西奧．布恩，眞正的男子漢！」其他人聽到後，西奧還不知道發生什麼事，就被帶到一堵牆前。他幾乎是被推過去的，猛然發現牆上釘著昨天早報上的照片，一個放大好幾倍的版本。這張巨大的照片，比眞人還大，西奧看到他自己還有他的狗膨脹到幾乎占去整面牆，不禁大吃一驚，照片上方的橫批引用他的話：「……對抗支道建案與所有想促成本案的惡棍」，以大大的粗體字凸顯出來。西奧傻楞楞地盯著牆面，大家漸漸安靜下來，圍在他身旁。

昆恩牧師對其他人說：「我在此跟各位介紹西奧多．布恩先生，時下的英雄人物，擁有全斯托騰堡最有名的狗，也是我兒子哈迪的好朋友。」西奧對大家尷尬地點點頭。他很快就會知道，其實只有少數幾個人是環評會的員工，大多數都是來自斯托騰學院的志工。

一位名叫薩巴斯宣．萊恩的人走向前與西奧握手，他說：「我是評委會主任，我們很榮幸能有你的加入。」西奧根本不知道自己是何時加入組織的。突然在陌生場所成爲目光焦點讓他覺得不大舒服，只說了類似這樣的話：「是啊，當然，很高興認識你。」

「狗兒現在怎麼樣？」有人發問。

「恢復得很好。」西奧說。

「我們想看看牠。」另一個人說。

「最近牠不大出門旅行。」西奧說。有些人覺得很有趣，其他人則一個個離開。「大家回去工作吧。」薩巴斯宣說，人群隨即散去。西奧和哈迪跟著薩巴斯宣走到狹長空間的另一頭，他的開放式辦公室被安置在一個延伸出去的小空間。他的書桌原本是一扇木門，現在由兩個電纜捲軸當作基座頂著，西奧覺得這大概是他所見過最酷的桌子。四周沒有椅子，西奧已經注意到環評會的每個人都站著做事，沒有坐下這回事，他心想回去要問問他媽媽這是怎麼回事，或許是一時的潮流。

西奧和哈迪站著瀏覽這裡的磚牆，上面滿是照片、證書和地圖。西奧第一眼看到的是史丹佛法學院的畢業證書，薩巴斯宣看起來很年輕，或許還不到四十，穿著牛仔褲和靴子、蓄著鬍子的他，看起來比較像野外狩獵的嚮導，而非環境議題的專門律師。

他說：「我聽說你父母都是律師，西奧。」

西奧點頭。

「還聽說你自己也是滿厲害的律師。」

「我還不是律師。」西奧說。

「他知道很多法律知識。」哈迪補充。

薩巴斯宣很緊張，而且情緒激動，不是個閒聊的對象。「我們從各個角度批判支道建案，包括濫用土地徵收權、摧毀自然資源、噪音、汙染，還有愚蠢的交通疏通計畫等等。我有個很棒的主意，想跟你們分享。」

西奧和哈迪點頭，他們別無選擇。

薩巴斯宣往左邊牆面走過去，指向一張支道預定路線圖，他指著一個地方說：「這是傑克森小學，從托兒所到五年級都有，共有四百名學生。目前是個與世隔離的學校，遠離交通要道和空氣汙染，自給自足地運作，戶外鳥鳴啁啾，微風輕拂樹葉，小小孩在這樣的環境裡受教育，然而政府將以經濟發展爲名爲所欲爲，計畫穿越這個離校門口不到一百公尺的停車場。這樣一來，兩年後這裡就會出現四線道的壅塞交通，大卡車和公車呼嘯而過，排出大量柴油廢氣，還有無數私家車以時速一百三十公里飛馳。這是災難，最悲哀的是，沒有人仔細研究這條公路將對學童產生多大衝擊；州長沒概念，他的選民也一概不知，交通部也不曾著手研究。目前我們正在募款，聘請有能力分析並預測結果的專家，但經費還是很有限。」

西奧猜想，這個人應該不會期待他或哈迪拿出支票吧。他問：「我們能做什麼？」

「動員那裡的學童，他們還太小，可能沒有臉書帳號，不過他們有哥哥姊姊，四百名學生表示大概有三百個家庭，因爲有些家庭孩子不只一個。動員那些孩子、他們父母，還有老師，你們兩個孩子出面，想辦法讓其他孩子參與這件事，讓他們感到憤怒，孩子們一生氣，父母也會生氣，接下來，當然是有投票權的家長。運用政治的力量，你們覺得如何？」

西奧和哈迪對著地圖皺眉，不確定該說什麼。

薩巴斯宣不是耐心等待答覆的人。「更好的是這個。」他邊說邊往旁邊跨一步，指著本郡在傑克森小學附近的全新足球運動中心。「看看這裡，斯托騰堡足球中心，兩年前開始啓用，這裡有十個場地，全都有照明配備。」

「我在那裡玩過。」哈迪說。

「你知道這一帶有多少孩子玩足球嗎？」

「大概有上百萬人吧。」西奧說。

「非常多人。這條公路只會剷平東邊三座足球場，當然他們也承諾會在西側重建三座。現在有兩個問題：第一，這個承諾能信嗎？第二，計畫重建足球場的土地所有權，政府尚未取得。假設政府守信諾，真的重建那三座足球場，就表示從三月到十月每天下午，運動中心裡幾百名兒童、家長、教練以及來看球賽的觀眾必須忍受四線道公路上的車輛噪音。」

「所以我們也要動員踢足球的孩子。」西奧說。

「沒錯，那會是好幾千人。只要讓廣大足球迷不滿，那五位郡委員會馬上避風頭。」

「就這麼簡單嗎？」西奧問。

「不，事情沒那麼簡單。要記住，西奧，這裡有許多居民贊成支道建案，他們已經厭倦老是堵在拜兜街，因而認爲這是解決辦法，有任何的支道都會是好辦法，懂嗎？」

「我懂，報紙上有寫。」

「這種事常發生。」

薩巴斯宣往後退，臀部靠在桌子上，他繼續說：「這個想法是要讓社區的孩子一起感到憤怒，參與其中並發出聲音。一邊是這些大人物，包括政客、貨運公司、承包商，還有在大面額支票上簽字送給政客的生意人，而另外一邊是你們這群孩子，可能會是個精彩的故事。老實說，我們需要利用手邊所有資源，這場戰爭我們身處劣勢，而且還擋住別人的財路。下個月就是公聽會了，我們正在與時間賽跑。」

「公聽會上，委員們不會討論太多，目前看來已經有兩位贊成，一位反對，剩下的兩位還沒決定，但誰知道這些人到底會怎麼做。坦白說，我認爲目前狀況並不樂觀。」他的手機開始震動，猛拉出口袋後看了一眼，決定不接，接著是桌上的電話開始響，他也置之不理。

西奧喜歡這傢伙，這個律師又強勢又酷，位居要職，而且有拯救環境的熱情。他似乎什麼都不怕，隨時可以打一架，隨時可以挑戰強權。連他的辦公室都很酷，跟布恩&布恩事務所擁擠的景象全然不同。

薩巴斯宣說：「夥伴們，我們需要你們的協助，你是怎麼說的？只要你加入戰局，就能讓情況改觀，我們是同一陣線的人。」

哈迪看著西奧，西奧則看著薩巴斯宣，他點點頭彷彿在說：「你們倆夠堅強嗎？」

「我準備好了。」哈迪說。

「那你怎麼樣，西奧？」薩巴斯宣說：「他們已經對付過你的狗了。」

西奧腦中閃過那場夢魘，被棒打的法官流著血，抬頭看著西奧，眼神驚恐且痛苦。西奧想著他的狗，然後想想昆恩家族和他們摯愛的農場，他想得愈多，內心就愈堅定。他看著哈迪，接著瞪視著薩巴斯宣，咬牙切齒地說：「我加入。」

「太好了！」薩巴斯宣說，往西奧肩膀上一拍。

星期四晚上，布恩一家人與法官在七點整坐下用餐。他們的晚餐一如往常，每個星期四都是從土耳其快餐叫外賣，今晚是烤雞佐鷹嘴豆泥，配上口袋餅與北非小米飯。

這並非西奧一個星期裡最喜愛的一餐，不過法官很中意烤雞。牠的身體狀況幾乎每小時都在進步，起來閒晃的時間變長，睡覺的時間則縮短。

布恩太太問：「西奧，你今天下午去哪裡？」

西奧早料到會被問。如果事務所裡有人注意到他的行蹤，那一定是艾莎，即使她正在同時處理兩個電話、跟門口的客戶閒聊、看螢幕上的電子郵件，她還是能夠準確地掌握西奧從後門溜出去的那一刻。他吞了吞口水，然後說：「我和哈迪騎車去斯托騰環境評議會。」

他媽媽很感興趣地說：「眞的嗎？」

他爸爸皺著眉頭說：「你怎麼會去那裡？」

西奧說：「哈迪的爸爸在那，他希望我過去一趟。昨晚我和法官離開法庭時的照片被貼在牆上，還是放大好幾倍的版本。」

「所以你變成英雄了？」他媽媽問。

「好像是，法官也是。」

「你和薩巴斯宣．萊恩碰面了嗎？」

「對，他眞是個好人。他希望我和哈迪能幫忙動員孩子，一起反對支道建案。」

布恩太太仍然保持微笑，同時看著布恩先生，似乎期待他說些嚴厲的話。西奧希望如果要討論這件事，他媽媽可以在場。

布恩先生問：「哪些孩子？」

「像是傑克森小學的學生，還有踢足球的人。」西奧吃了一大口晚餐，彷彿自己的參與沒什麼大不了。

「這個主意太棒了，西奧。」她問：「你計畫怎麼做？」

「我們還沒決定。」

「西奧，你為什麼堅持要淌這個渾水？」布恩先生緩慢而堅定地說。

西奧已經反覆練習他的答案。他喝了一小口水，清清喉嚨說：「因爲我認爲讓昆恩家族失去他們的百年農場是錯的，政府爲了可有可無的計畫而奪走私人財產是錯的，在學校和運動中心旁邊興建公路很危險，尤其在汙染所導致的衝擊還不明朗的情況下，政客幫助好朋友利用這種案子賺錢也是錯的。我有很多理由，爸。」

「而且都是好理由，請容我補充。」布恩太太很快地發言，氣沖沖地看著她先生。

西奧還沒說完。「最重要的是，我實在氣不過那個打傷法官的人。他們企圖殺害牠的時候如果你在場，你的態度也許會不一樣。」

「別教訓我，兒子。」

「我不是在教訓任何人。」

「他當然不是。」布恩太太說。戰線已經劃分清楚，二對一，而布恩先生正節節落敗。她繼續說：「我認爲西奧想參與抗爭相當了不起，多數的十三歲男孩根本不在乎。」

加油，媽！西奧一邊想，一邊切下一塊雞肉，爸已經搖搖欲墜了，再一拳就可以讓他倒下。但是這段對話隨即進入休兵狀態，布恩夫婦沉默地吃完晚餐。

最後西奧問：「爸，我可以參與嗎？」

媽媽立刻回答：「當然可以。西奧，你對這事很有熱情，去做就是了，對吧，伍茲？」

伍茲·布恩沒有立場爭論，他自己也很清楚。他虛弱地投降。「大概是吧。」

第20章

星期五用過午餐後，西奧和哈迪想利用時限一小時的讀書室，於是他們在圖書館碰頭。學校的伺服器速度比他們自己的筆電快，於是他們決定使用那些開放給學生申請的桌上型電腦，以節省時間。順利登入後，他們趁網路管理員不在的時候，開始搜尋資料，足球相關資料比斯托騰郡學校系統裡的其他資料要容易取得。

前一晚，他們離開斯托騰環境評議會後（以名符其實的社運人士身分），哈迪上臉書忙了很久。他加入的足球隊伍叫做紅色聯盟，大家會親暱地稱呼為「紅盟」。紅盟有自己的臉書粉絲頁，哈迪開始搜尋分類為十四歲以下的其他隊伍，迅速尋獲一份百位選手的名單，男女孩都有。躲在圖書館裡，哈迪飛快地在臉書穿梭，他的名單又多了十幾個名字。

西奧主攻學校系統，傑克森小學的官方網頁顯示，全校學生從托兒所階段到五年級，總共有四百一十五位，但是上面沒有學生名單，也當然不會有其他相關訊息。還有一份不錯的教師名單，附上彩色照片和電子郵件信箱等，西奧認為這是著手進行的好地方。親師會設置了另外一個網站，上面也有一些名字和聯絡方式，但數量不多。

接下來一個小時，兩個男孩全神貫注在網路上闖蕩，尋找學生、老師、家長、校務人員或任何西奧和哈迪認爲可以運用到他們小型社會運動的人名。

放學後，西奧厭倦總是在事務所消磨時間，他計畫下午四點和愛波・芬摩在主要大街的高孚優格冰店碰面，他們每週都會去一次。愛波的哥哥姊姊早已逃離那個不幸福的家庭，所以她總是獨自一人。西奧並不覺得她可憐，因爲她不想要別人同情，此外，她聰明又風趣，也很有藝術天分；西奧不是把她當成女朋友，至少不是談戀愛的那種關係，她就是一個好朋友，碰巧是個女孩。他的哥兒們大部分都無法理解，怎麼可能跟一個女生做朋友卻又不是女朋友，西奧漸漸覺得要解釋這個很累，總之很複雜。

布恩太太的助理文森忽然出現在西奧辦公室。「西奧，可以幫個忙嗎？幫我把這些送去法院助理的辦公室，下午五點以前上呈。」他提出請求的同時，一疊裝滿文件的資料夾落在西奧桌上，這可能是布恩太太目前眾多離婚官司中的一件。

西奧馬上跳著站起來。「當然，我現在就去。」

「謝啦。」文森說完便轉身離去。

去一趟斯托騰郡立法院比什麼都讓西奧開心，隨便一點小事都是他衝向法院的好理由。他彎下腰拍拍法官，跟他解釋自己很快就會回來，然後拿著資料夾出發。

地方法院是斯托騰堡最大的建築物，也是最重要的地方，前門入口處有一排又粗又大的柱子，長長的樓梯從柱子間是幅射狀展開。主要大廳通常有許多律師、警察、法院助理，但是西奧從經驗得知，這個地方到了星期五下午就會空無一人。他媽媽抱怨過，星期五中午過後，幾乎不可能找到任何一位法官，艾克也說過，律師們溜到他們最喜歡的酒吧檢討戰略，以迎接下一週的挑戰。

大廳果然沒半個人。西奧跑上兩層樓樓梯，抵達家事法庭所在的三樓，一走進去，他就看到他最喜歡的法院助理——年輕美麗的珍妮，她是西奧生命中的祕密摯愛，甚至會是他想娶的女人，假設她沒結婚也沒懷孕的話。

「是西奧啊，哈囉。」她微笑著說。她對西奧微笑時，柔和的藍眼睛彷彿在閃爍，西奧總是羞紅了臉，覺得臉頰發燙。

「嗨，珍妮。」他說：「我要上呈這些文件。」他把資料夾遞給珍妮，她將文件取出。

「你跟法官在報上的照片很好看呢。」她一邊說，一邊整理手上文件。西奧只是站在櫃台邊盯著珍妮看。「謝謝。」他說。

「法官還好嗎？」

「牠恢復得很好，還裹著繃帶，但牠會沒事的。」

「聽說那些傢伙今天早上出獄了。」

「沒錯。」西奧說：「他們的律師終於申請保釋成功，放他們出來，但還事情沒結束，最後他們還是得回去坐牢。」

「我眞的希望如此。」她說。她一邊蓋章，一邊移動文件。「西奧，我今天就會把這些送出去。」

「謝謝你，珍妮，再見啦。」他本來應該轉頭離開，但一如往常的，西奧就是忍不住待久一點。

「再見啦，西奧。」她再度微笑。「好好照顧法官。」

「我會的。」

西奧離開法院助理辦公室的那一刻，發現自己心跳加速，他在珍妮附近常常會這樣。離開的途中，他對亨利・甘崔法官的法庭偷瞄了一眼，那是這裡最大且最雄偉的法庭，西奧發現它現在黑漆漆又空蕩蕩，不過他並不驚訝。他走下樓，同時觀賞旁邊一幅幅已故法官的巨型肖像畫，踏著悠哉的步伐走進大廳時，忽然聽見有人出聲呼喚：「嗨，西奧。」他一轉頭，看見一張有點熟悉的臉，叫他的是一名四十多歲的男子，頭髮蓬亂、蓄著鬍子，腳上穿著飽經風霜的運動鞋。

「《斯托騰堡公報》的諾里斯・福雷。」他向西奧走過來。有些人會覺得跟十三歲的孩子握手很尷尬，福雷顯然是其中之一，所以他並沒有勉強自己。他低頭看西奧，西奧則抬頭說：「你好嗎？」

「還不壞，你呢？」

「很好。」

「你有時間嗎？」

其實沒有。現在是三點五十分，愛波很快就會在離這裡不遠的高孚優格冰店等他。西奧身為兩位律師的兒子，從小就在一種「不要相信記者」的氛圍下長大，那些人的工作就是挖掘、揭露一些別人寧可隱蔽的事實與詳情，而西奧父母的行事準則就是不計代價地保護當事人隱私。電視上那些出賣自己客戶的律師，在鏡頭前口無遮攔地談論他們的當事人和案情細節，常常讓西奧看得瞠目結舌，善良老派的布恩&布恩事務所絕不會那樣做。他爸爸最愛說：「律師和攝影機的組合是最邪惡的一掛。」

「或許吧。」西奧謹慎地回答。

「你喜歡昨天早報的照片嗎？」福雷驕傲地問。

「還可以。」西奧環顧四周。「有什麼事？」

福雷也環顧四周，要是有人經過，一定會以為這是毒品交易現場。「你要走了嗎？」

「對。」西奧回答。

「好，那我陪你走出去。」

西奧離開大廳，走向前門，停在某根柱子的陰暗面。「你的狗還好嗎？」福雷問。

「還可以。」西奧不知道福雷爲什麼要找他搭話，而他們獨處愈久，他愈緊張。萬一有人看到他們在斯托騰郡立法院的前門樓梯暗處低聲交談怎麼辦？

福雷點了一根菸，在西奧頭頂吐出一團煙霧。他的眼神游移不定而且整個人很浮躁，西奧好想逃走。

「聽我說，西奧，外面有一堆跟支道有關的謠言和議題，現在傳得沸沸揚揚，我的線人說，很多在地的生意人拚命推動這個建案，因爲他們計畫要大撈一筆，你知道我的意思嗎？」

西奧低頭盯著鞋子不說話。

福雷繼續說：「尤其是開發商，他們像是一群禿鷹，等建案通過後，就會一湧而上，在道路兩旁蓋滿購物中心和速食店，不知不覺的，這條新公路會變得像拜兜街一樣壅塞，你了解嗎？」

西奧什麼也沒說。福雷等了一會，吐出更多煙霧，然後說：「當中最大的騙子可能是一個叫喬．福特的傢伙，你知道他吧？」

「從來沒聽過。」西奧看著福雷說。雖然是謊話，西奧並不在意。他是在布恩&布恩事務所這個安全且保密的場所裡遇見喬．福特，福雷管不著。

福雷怒視西奧，彷彿知道實情似的。「我不這麼認爲。」他說：「多年來都是你爸幫他處理法律事務。」

「所以呢？」

「所以現在我聽說福特已不再光顧布恩&布恩事務所，理由是什麼，我也不大清楚，不過一定跟支道有關。」

「你到底想要什麼？」西奧被激怒了。

「重要訊息。」

「算了吧，我什麼都不知道。」

「或許你能夠弄到手，只要再稍微往下挖掘，說不定能找到什麼寶貴的訊息，就能夠阻止支道建案。」

「挖新聞是你的工作，不是我的。」

「我們身在同一陣營，西奧。」福雷伸手到襯衫口袋，迅速拿出一張白色名片，塞給西奧。「這裡有我的電話，要是你聽到什麼，馬上打給我。我發誓消息來源絕對保密，我不曾出賣過任何人。」

西奧接過名片，不發一語地離開。雖然他心裡明白自己沒有做壞事，卻有種奇怪的罪惡感。他跳上腳踏車，沿著主要大街向前行，心裡想著要不要跟爸媽說這件事。喬·福特離開布恩事務所還是昨天的事，怎麼會這麼快就傳到福雷耳朵裡？

愛波已經到了，她坐在高孚冰淇淋店裡他們最喜歡的座位等著。她點了她常吃的優格冰，西奧則選了他常點的巧克力義式冰淇淋，上面鋪滿巧克力餅乾碎片。愛波顯得很消沉，沒多久西奧就知道原因何在，她爸媽還是一天到晚吵架，如果不是已經在辦離婚手續，他們可能還會以離婚要脅對方。西奧聽他朋友描述父母最近的爭吵，頓時覺得自己的問題都消失了，雖然無法提供建議，但他可以做個好聽眾。愛波夢想自己能逃離這個家，像她哥哥姊姊那樣，可是那並不可能，她才十三歲，根本無處可去，被困在家裡的她，只能幻想美好的虛構世界。她最喜歡的夢想是去巴黎學藝術和畫畫，在離家很遠的塞納河畔。

西奧吃著他的冰淇淋，盡責地聽朋友說話，雖然愛波的夢想他已經聽過很多次。西奧有點擔心愛波會突然崩潰、開始大哭，還好她挺住了。

第21章

伍茲．布恩打高爾夫球的表現一直都很平庸，他從來沒時間好好練習或上課，或多花點時間在高爾夫球場磨練球技。西奧十歲時，爸媽送他一組高爾夫球桿當作聖誕禮物，爸爸也試著讓西奧上些免費課程，然而他們父子倆很快就明白，無論課程是否免費，這些只在週末練習揮桿的教練提供的課程報酬率都不高。因此每年他生日，爸爸會送他一組十次的高爾夫球課程，一次三十分鐘，由專家指導。後來西奧揮桿功力大增，十二歲的時候，幾乎已經能贏過他老爸。

氣候允許的話，他們每週六早上會去斯托騰堡市立球場打九洞，接下來是在老爹快餐店展開男人的聚餐，那家店位於市中心，以煙燻牛肉和洋蔥圈聞名。西奧很喜歡運動，醫生卻不准他參加團隊運動，網球也不行。他可以騎腳踏車、登山、游泳，也可以從事幾乎所有其他運動，但嚴禁團隊運動。西奧常因此忿忿不平，這也成為布恩家人或有爭吵或不愉快的起因，不過西奧仍在禁令邊緣遊走，這也是為什麼他熱愛高爾夫球。除了少數幾個例外，西奧的高爾夫球可與任何同齡玩家匹敵，雖然他尚未參賽證明這一點。他爸爸不鼓勵他參加高爾夫球賽，布恩先生認爲，首先打高爾夫球並不簡單，有太多人喜歡計分，利用差點制度混水摸魚，其他如賭博、比賽競爭，都莫名地增加打高爾夫球的難度。

但是他們總是會記下分數，不是在夾在高爾夫球車方向盤上的正式計分板，只是記在腦子裡。布恩先生打九洞通常會高於標準桿七到八桿，西奧則緊追在後，兩個人都假裝不記得對方的得分數。

布恩先生在廚房桌邊喝咖啡時，西奧帶著法官走進來。「我們要打高爾夫嗎？」西奧問，同時放開法官，讓牠從後門出去。

「九點四十五分。」布恩先生說，頭抬也不抬。「不過，別忘了法官九點要見柯爾醫生。」

「我忘了。」西奧說：「那我們還能去打球嗎？」

「當然，要開始準備出發了。」

西奧和法官迅速用餐。西奧從不在星期六早晨洗澡，這是他熱愛這一天的原因之一。他們把高爾夫球袋丟進布恩先生的休旅車，九點整準時走進柯爾醫生的診所，醫生打量著他們。「等一下要去球場？」

「我們九點四十五分要開球。」西奧說，聲音聽起來有點緊急。星期六早晨的球場總是擠滿人，要是遲到就麻煩大了。布恩先生在接待室等待，看第二份報紙，西奧和法官跟著醫生走進檢查室。柯爾先生迅速又專業地移除縫線、換繃帶、清理傷口，並且重新調整法官右腿的夾合板，他一邊幫法官處理傷口，一邊跟牠和西奧聊天，他的聲音非常柔和，幾乎有催眠的效果。對西奧而言，柯爾醫生拯救了他最愛的寵物，這點毫無疑慮，因此在他心中，柯爾醫生是永遠的英雄。

法官往後縮、嗚咽了好幾次，不過牠也明白自己是運氣好才能活下來，牠是條堅強的狗，疼痛不算什麼。

柯爾醫生宣布牠可以走了，一個月內要回來複診。西奧再度感謝醫生救法官一命。「這是預料中的事，西奧。」他答道。

他們回家稍作停留，讓法官下車，接著往高爾夫球場前進。

斯托騰堡市立球場有著山丘、池塘、大量的沙坑以及至少三條蜿蜒的小溪，當然不容小覷。但是在不計分的狀況下，誰會在意這些？

布恩先生自從喬．福特事件後，對西奧有點冷漠，他感覺得到爸爸怒氣未消。然而今天爸爸連續三洞打平標準桿，最後一洞還是不可思議地推桿前進十二公尺，在那之後，他似乎完全忘了不愉快的事，一切恢復老樣子。父子倆打了兩個鐘頭的球，享受美景、新鮮空氣與高爾夫球，好球也好、壞球也罷，把法律、事務所、支道建案全拋諸腦後，轉而討論目前球況。布恩先生已學會跟兒子打球時別出主意或多嘴提示，但他仍然常常忍不住說出類似這種話：「好，西奧，我想老虎伍茲這時候會用沙坑桿瞄準果嶺邊緣。」

西奧心想，爸爸哪知道老虎伍茲會怎麼做，他們根本就是兩個世界的人，然而西奧也逐漸明白，即使是業餘的高爾夫球玩家，甚至只是週末球友，只因常常在電視上看專家打球，又因為玩的是同一種球類運動，於是產生錯覺，誤以為自己與專業選手冥冥之中有什麼連結。

他總是用尊敬的態度聽爸爸說話，接著完全以自己想要的方式揮桿。布恩先生在思考下一桿該怎麼打的時候，西奧也多次差點抗拒不了誘惑，幾乎說出類似的話：「現在這個狀況，爸，我想老虎伍茲會看著你的球說，想上果嶺它是沒希望了。」不過他當然什麼都沒說。

曾經有兩、三次，西奧跟爸爸一一打成平手，剩下最後兩洞時，布恩先生神經開始變得緊繃，這些西奧都看在眼裡，不論他再怎麼主張高爾夫球的重點在於娛樂而非競爭，他都不想輸給兒子。

但是如果不計分，又怎麼可能輸呢？

西奧察覺氣氛愈來愈緊張，不免有點同情他爸，也許等他十六、七歲再贏過爸爸就沒什麼關係，但十三歲的他絕對不行，至少不是今天。布恩先生有五洞打平標準桿，兩個柏忌和兩個雙柏忌❺，非正式的紀錄是四十二分，今天他的狀態不錯。西奧則表現不佳，暗自竊喜還

❺柏忌（bogey）意指高於標準桿一桿，雙柏忌則是高於標準桿兩桿。

好沒有留下紀錄。

他們坐上高爾夫球車、放上球具、換好鞋子，隨即前往老爹快餐店吃煙燻牛肉潛艇堡。

當天下午，西奧跟他媽媽說他要去看朋友踢足球，五點以前會回家，媽媽問了幾個問題，在不說謊的前提下，西奧巧妙地回答，順利取得她的同意。

下午兩點，西奧按照計畫在愛波家的車道出口等她，然後一起前往斯托騰足球運動中心。通常這樣一趟腳踏車之旅恐怕很難獲准，因爲要走的街道太多、交通太擁擠、距離太遠，運動中心離拜兜街約二點五公里遠，人們常說那是「鄉下地方」，對騎腳踏車的城市孩子來說太遠了。如果不是哈迪，西奧也不知道這些捷徑和小路。他和愛波拚命騎了三十分鐘，經過傑克森小學時準備稍作休息，運動中心已近在眼前，那裡的停車場密密麻麻的都是車。

哈迪在第六號球場踢球，比賽已經開始，西奧和愛波氣喘吁吁地在露天區找到座位。哈迪是足球隊前鋒，球飛到靠近露天座位的界外時，他追了過來，瞥見兩個朋友，微笑點頭後迅速回到場內。幾分鐘後，西奧和愛波覺得有點無聊，開始四處遊蕩，十場比賽同時在此進行，所有球迷齊聲尖叫、教練們不時大吼，哨子聲此起彼落，整個畫面感覺很驚人。運動中心附近風景優美，遠離交通堵塞，被山林與大自然圍繞。

爲何要毀了它？西奧自問。爲何要在這麼美麗、充滿田園風情的地方開一條四線道公路，一天兩萬五千輛的車流將穿越其間，爲何要讓這個地方變得交通壅塞、煙霧瀰漫？一點道理也沒有。

他和愛波往停車場前進，西奧拿著他的手機，愛波拿著他媽媽的攝影機，他們經過一長串車輛，兩人一人一邊，他們邊走邊將車牌號碼錄影下來。此時四下無人，車主都去爲他們支持的球隊加油了，但是西奧仍然留意著交通警察的身影，拍攝車牌並不合法，他不想被逼著解釋爲什麼這麼做。

運動中心周圍其實有三座大型停車場，走到所有車輛後方拍下車牌耗了約一個小時，沒人注意到他們在做什麼，好幾次差點被發現時，西奧馬上拿起手機，假裝在講電話。

他們一共拍了一百四十七輛汽車和卡車，計畫從影片中記下所有車牌號碼，再到交通部網站，想辦法取得車主姓名。他們假設這些把車子停在足球運動中心的人會強烈反對支道建案，西奧和哈迪還有後來加入的愛波都覺得這個假設萬無一失，哪有父母會想讓孩子在廢氣和有毒煙霧裡踢足球？

很幸運的，紅色聯盟比賽贏了，所以哈迪的教練心情很好。教授名叫傑克·佛特貝瑞，他兒子是今天比賽的守門員。根據哈迪的說法，佛特貝瑞教練是足球狂熱分子，每年秋天到春天在運動中心指導足球隊伍，夏天還特別帶領表現優異的隊員旅遊教學。哈迪已經對他簡報過支道建案與其可能引發的危機。

他們在足球網後方碰面，遠離那些逐漸散去的其他隊員。哈迪向教授介紹西奧和愛波，教練二話不多說，馬上表示他對支道興建的疑慮，他不相信政客，懷疑建案背後是由一票大商人主導。計畫中的這條公路將從運動中心旁邊經過，更讓教練怒火中燒，因爲他很清楚這麼做的潛在危機。

佛特貝瑞教練說的話正是他們想聽的，他表達盡全力幫忙的意願，於是西奧開始說明他們的計畫。

第22章

星期日早晨，陽光透過窗簾縫隙射入房間，已經不再睡地板的法官在床上蠢蠢欲動。星期日西奧通常會睡到自然醒，但是他今天恐怕無法如願，他叫法官安靜點，法官卻叫得更來勁，牠非得去外頭透透氣不可。十五分鐘後，不堪其擾的主人起床了，他走到樓下，懶洋洋地對父母說聲早安，同時抱著法官到後門，放牠自由。

「你怎麼起得這麼早？」他媽媽問。

「法官想出去。」

廚房桌上鋪滿了厚厚的週日報紙，報紙凌亂的樣子表示他父母在這裡好一陣子。西奧往咖啡壺一瞥，裡面幾乎是空的，再看看時鐘——六點四十五分。「你們也起得很早啊。」

「醒了就沒辦法再睡著。」他爸爸小聲抱怨。

「誰要吃鬆餅？」他媽媽問。她不常下廚，所以西奧和布恩先生都知道他們應該抓緊機會。「要配香腸嗎？」布恩先生說。

「當然。」

「什麼口味？」西奧問。

「你想吃什麼口味？」

「藍莓。」

「那就做藍莓口味。」她已經伸手打開冰箱。

西奧幫自己倒了一杯柳橙汁，到桌邊坐下。《斯托騰堡公報》的頭條引起他的注意，上面寫著：支道案懸而未決。他拿起報紙開始讀，寫這篇報導的記者不是諾里斯·福雷，上面說目前有兩位委員贊成該案，兩位對它「有意見」，另外一位似乎完全拿不定主意。大力鼓吹該案的委員是一位密契爾·思達克先生，他有十五年的郡委員資歷，也是現任委員長，思達克先生在斯托騰堡南部開了一家五金行，他聲稱這條新公路對他的生意一點影響也沒有，這似乎不是謊話。他以一名商人、零售商的身分，被形容為支持發展的狂熱分子，這位資深委員未曾反對土地分售、購物中心、複合型公寓、迷你商場、洗車廠，或是任何有助於該地區「經濟發展」的案子。曾經有位評論家表示，思達克先生是「威脅新鮮空氣、水源與安靜街道的恐怖分子」，而思達克先生漂亮的反擊：「激進環保團體會讓我們活在中古世紀。」

這位記者來來回回地討論支道建案的優缺點，顯然正反兩方對彼此愈來愈不滿，緊張情緒高漲。西奧讀著讀著，胃漸漸開始翻攪，他為什麼要跟這種複雜的鬥爭扯上關係？他只是個孩子，而這是一場真正的戰爭，對手還是那些冷血政客，接著他又想起哈迪和昆恩家族的農場，也想起法官和那個攻擊牠的惡棍。

他讀著報紙，香腸在旁邊的平底鍋裡滋滋作響。媽媽穿著浴袍煎香腸，一邊哼著歌兒，而爸爸看《紐約時報》財經版看到忘我。法官在後門哼哼叫，顯然是聞到廚房的香味而興奮不已，西奧開門讓牠進來。

支道建案的公聽會將在郡委員會之前舉行，距今不到兩個星期，而且從種種跡象來看，公聽會肯定是一場脣槍舌戰。思達克先生吹噓全郡四分之三的人會因支道建設而受益，他的擁護者也會蜂擁而入以表示支持；胡說八道！斯托騰環境評議會的薩巴斯宣·萊恩會這麼說，只有極少數人支持支道建案，而他們都是想大撈一筆的生意人，反對民眾將多到破紀錄。

這是西奧第一次眞心想參加公聽會，他覺得那可能會很酷！數百名憤怒民眾在五位郡委員面前準備大幹一場。雖然大家承諾會是理性的群眾，但或許還會布署大量警力，在四處維持秩序。西奧猜想爸媽不會讓他去，不過光是用想的就很刺激了，他決定考慮一下，也許晚點再問他們。

布恩先生享用鬆餅和香腸時提議：「我們去做早禮拜吧。」

布恩太太點頭說：「當然好。」

「我覺得不錯。」西奧說。儘管出席教會的事決定權從來不在他手上，西奧仍會提出自己的想法。早禮拜其實比較好，從九點到十點，不像十一點的禮拜那樣人擠人，服裝可以比較隨性，聖壇也比較不擁擠。

「那你們最好加快速度。」他媽媽說，西奧和爸爸默默地交換一個委屈的眼神。現在才七點半，他們還有一個多小時可以準備，布恩先生淋浴、刮鬍子、換衣服大概只需要二十分鐘，西奧不用刮鬍子，所以十五分鐘就夠了。他們父子倆都知道，布恩太太至少要一個小時才能準備好，而她竟然還叫他們加快速度。儘管如此，他們還是有禮貌地保持沉默，有些事情並不值得討論。

午餐過後，西奧不太想回房間寫他的讀書報告，這次讀的書是馬克吐溫的《湯姆歷險記》，要寫三頁的主要角色分析，雖然是西奧最喜歡的書之一，他卻只喜歡書，不喜歡一整個星期日下午都在寫讀書報告。他還是拖著沉重的腳步上樓，關起房門卻找不到那本書，先在房間裡找遍了，再下樓到起居室繼續找。

「你會不會丟在事務所了？」他媽媽說。賓果！就是在那裡沒錯。

「我一下就回來。」西奧說。他騎著腳踏車上路，十分鐘後在布恩&布恩事務所的後門前停下。他打開鎖，走進他的辦公室，在書架找到那本書，就在雙城隊的海報行事曆旁邊。

西奧不記得上次單獨待在事務所是什麼時候的事了，這裡總是有律師在講電話、客戶進進出出、印表機嘎嘎作響、艾莎在前台決定上場次序並指揮交通，還有法官悄悄地轉來轉去找東西吃或找地方打盹。但今天不一樣，星期日下午的事務所，一點聲音也沒有，黑漆漆又靜悄悄的感覺很詭異，西奧慢慢走過長廊，朝艾莎桌子旁邊的窗戶前進。在深色皮椅和排滿書的書架映襯下，此時會議室顯得相當肅穆而沉靜，西奧心想這裡還是有人的時候比較好。

隨著他走回辦公室的腳步，老舊的木頭地板嘎吱作響。他的辦公室原本是個老舊的儲藏室，在那之前還有兩個較大的儲藏空間，整齊地堆滿了無數個白色紙箱，不過時代在改變，像布恩夫婦這樣的老律師也得漸漸走入電子文件與無紙化儲存的數位時代，西奧認爲改變就要發生。爲什麼要砍伐這麼多樹木，拿來製造這麼多一旦歸檔就毫無用處的紙張？他跟爸媽討論過這件事，雖然只有十三歲，他已經相當具有環保意識。

陶樂絲和文森在正式將文件歸檔前會先放在某張桌子上，西奧經過時，目光突然被某個東西吸引。桌上躺著一份厚厚的多層資料夾，上面以黑體字寫著「喬．福特」，顯然是被喬．福特解雇的布恩先生正要把他的檔案整理出來、收到儲藏室。這似乎有點不尋常，布恩先生愛留東西是出了名的，辦公室裡到處堆著已經不需要的舊文件，他的哥哥艾克也有同樣的癖好。

西奧向前走一步，想看清楚資料夾旁邊的索引標籤，發現其中一個寫著「斯文尼路」，雖然知道不應該窺探，但好奇心旺盛是西奧的老毛病，在事務所特別容易發作。他打開斯文尼路的部分，快速翻閱厚達一點五公分左右的頁面，一下子就找到他想找的東西。那份文件只簡單標示為「選擇權」，意指買家可以選擇，或是有權利跟一位華特．比森先生購買兩百公頃土地。那麼誰是眞正的買家？資料顯示為一個名為帕金土地信託的組織，看來是個剛成立的公司，目的在於掩護幕後黑手，既然是在喬．福特的資料夾裡，西奧覺得這顯然是快手福成立的影子公司。

大部分土地或土地交易的相關文件都必須在郡立法院備檔供人查詢，選擇權則不受此規定，西奧也知道這一點。他愈往下看，愈覺得謠言都是眞的，如果郡委員投票通過支道建案，比森先生就會將那塊靠近斯文尼路的兩百公頃土地賣給帕金土地信託，但前提僅限於此，屆時帕金信託會支付比森先生一公頃一萬美元或總金額兩百萬美元；相反的，如果郡委員投票結果駁回建案，帕金信託必須支付比森先生五萬美元後退場。

上面還有一段文字要求雙方對此事盡量保密，這筆交易最重要的就是要低調不公開，表面上看起來與其他選擇權無異，毫無非法之處。像喬．福特這樣的開發商專挑下個熱門房價地段買地建屋，要是猜對了，他們會發大財，要是猜錯了，就會失去一大筆錢。

這個消息是如何溜到艾克耳裡，西奧很納悶卻不驚訝，艾克就是有能耐打聽到斯托騰堡各個角落的祕密。西奧不停翻頁，發現選擇權的簽署人為華特．比森先生與一位弗德瑞克．寇爾先生，他的職稱為帕金土地信託副總裁。在另外一個標籤上，西奧看到「帕金土地信託」的字樣，於是將它抽出來研究，相關文件顯示，布恩先生在一個月前才協助成立這家公司，西奧瀏覽手上文件、文字檔列印稿，甚至他爸爸的手稿，那是他一眼就認出來的筆跡。這家新公司屬於四個人，各個股東的持股比例如下：喬・福特擁有百分之五十，弗德瑞克・寇爾有百分之二十，司徒・麻宗有百分之二十，彼得・凱薩有百分之十。西奧從沒聽過寇爾、麻宗或凱薩，他將這幾個名字潦草地抄下後，將資料夾物歸原位，快步走回辦公室，如果他想再參考那份資料，他也知道去哪裡找。

西奧鎖上後門離開事務所，火速騎車回家。他在樓上，上鎖的房間裡只有他和法官。西奧打開筆記型電腦，開始搜尋線上通訊錄❻，不一會就找到寇爾、麻宗和凱薩的住址、電話號碼和電子郵件信箱，他們全都住在這一帶，屬相同的市或郡。西奧先查了一下寇爾先生，發現他在半年前被合夥人告上法院，西奧做筆記提醒自己稍後再來查詢法庭紀錄。他用Google搜尋凱薩先生，跑出一則刊載在一份當地商業雜誌的專訪，介紹他和他的連鎖加油站，在那裡花二十美元就可以幫你當場換機油；他年約四十，喜歡的休閒活動很多，特別是開直升機和打野鴨。

司徒・麻宗先生的相關消息少之又少，不過一份兩年前的《斯托騰公報》上刊登的結婚

❻原文為the white pages，為美國可信度最高且最大的民營通訊資料庫，據說約有百分之九十的通訊資料登錄在此，也有網路版。

通知，卻幫助很大。報上說，司徒·麻宗在二十三歲時，與一位貝琳達·思達克小姐訂婚，這位二十一歲的準新娘是密契爾·思達克先生的女兒。準新郎和準新娘都在斯托騰學院就讀，這張訂婚照片上的兩個年輕人微笑著，他們看起來比實際年齡小。

西奧再回到通訊錄網站，證實了他認為極可能是真相的假設——只有一位密契爾·思達克住在斯托騰堡。

他試著把這些線索串連起來，不禁感到有點暈眩。快手福果然在祕密收購土地、準備開發，等新公路完工，他就能大撈一筆，為了達成此一目的，他成立帕金土地信託這個公司作掩護。五位郡委員將投票決定同意或駁回支道建案，其中大力聲援該案的人就是密契爾·思達克，而他現在已經二十七歲的女婿司徒持有喬·福特設立的公司百分之二十的股份，為了避人耳目，他使用如此迂迴的方式實行計畫。百分之二十的股份書面價值是四十萬美元，但那是在喬·福特著手開發那塊地之前的價碼。喬·福特剷平土地，以大量的汽車旅館、露天商場、速食店和停車場取而代之後，價格肯定會翻漲好幾倍。

西奧突然覺得胃在翻攪，彷彿肚子被重重一擊而作嘔。他走到浴室、打開水龍頭，在臉上拍拍水，接著對法官說話，可是他的好夥伴似乎絲毫不在意。

一個小時過後，西奧躺在床上，盯著天花板，被冷落的《湯姆歷險記》書頁倒扣在他身

上，他的讀書報告連一段都沒著落。

他一直在想爸爸的事。伍茲．布恩是一位受人尊敬的律師，也以自己的道德標準與專業素養為傲，他輕視那種做事不實在而捲入麻煩的律師，身為律師協會委員會的一員，他鼓吹律師同業行事要有操守，類似的例子不勝枚舉，爸爸怎麼可能涉入這種不正當交易？布恩先生負責準備成立帕金土地信託公司的所有文書資料，經年累月地擔任喬．福特的律師，甚至在家裡討論這件事的時候，他也擁護支道建案。

西奧容許自己這麼想：他爸爸非常有可能不認識司徒．麻宗，也許他根本沒見過那個人，也許他也沒見過寇爾先生或凱薩先生。西奧想要相信他爸爸只是幫喬．福特做事，客戶要什麼他就去做，儘管西奧緊抓著這個念頭，目前發現的事實仍然讓他很困擾。

雖然不是犯罪行為，喬．福特沒犯法，布恩先生當然也沒有，可是感覺就是哪裡不對勁。假如思達克先生真的有個近親將在支道案通過後大賺一筆，假如這件事在投票前走漏風聲，思達克先生一定會遭到羞辱，甚至被踢出郡委員會。如果這件事在投票日前曝光，這個案子就沒戲唱了。

然而西奧也明白，這個情報並非透過正當管道取得，而是靠他的直覺。他在事務所裡四處窺探，才在禁止進入的門後發現這個祕密。

現在他到底該怎麼辦？也許艾克知道答案。

第23章

星期一快放學的時候，這幫小社運人士已經蒐集了一長串名單，上面這些在運動中心踢足球的小孩多達四百人。瘋狂科學家雀斯是電腦神童，有時還身兼駭客，同樣是八年級生的他也被招募到這個陣營。利用西奧和愛波星期日在運動中心拍的影片，他們將拍攝到的汽車、卡車和貨車做出一張表，雀斯入侵本郡的線上交通工具註冊紀錄，不到半小時，就找到一個列出車主姓名與地址的檔案，這些名字能牽引出更多孩子的名字。

有些名字一查就出現臉書網頁和電子郵件信箱，有些則毫無線索，至少不是立刻出現連結。不過這些社運小子將名單正著看、倒著看，不時加上幾筆資料，把玩的時間愈久，所得到的信息也愈詳實。

他們的計畫漸漸成形，甚至開了臉書粉絲頁，叫做「哪兒也去不成的支道」。

星期一下午拜訪艾克的行程不再像是例行公事，西奧今天眞的很想跟艾克說話。大約下午五點，他跟法官道別，用力踩著腳踏車從事務所離開，二十五年前艾克與西奧父母共同創立的布恩&布恩法律事務所到艾克現在的辦公室只要五分鐘，如今事務所蓬勃發展，艾克則被驅逐到無牌律師的行列，沒有律師執照，只能幫一些不富裕的人處理納稅資料。

「我最喜歡的姪子好不好啊？」艾克問。西奧一屁股坐在搖晃的椅子上。

每週一都重複同樣的問題。他唯一的姪子西奧答道：「很好，艾克。你那邊都還好嗎？」

艾克微笑地揮動手臂，彷彿在說：「看看我的世界，多美好啊。」才怪，到處塞滿東西，光線昏暗又髒亂，真是個讓人沮喪的地方，而且艾克的世界並不美好。「這裡是最棒的。」他說：「想喝啤酒嗎？」

「當然。」西奧回答。

艾克伸手到幾乎藏在書櫃後方的小冰箱，拿出兩罐飲料——一瓶啤酒和一罐雪碧，西奧拿了綠色那罐，艾克打開另一瓶。巴布．狄倫輕柔的歌聲在房間裡迴盪。

艾克灌了一大口飲料，然後說：「學校最近怎麼樣？」

「學校既無聊又浪費時間。」西奧說：「我應該在大學修課，準備考法律學院。」

「你才十三歲，還不能算是念大學的料。滿口牙套在大學校園走來走去，會讓你看起來像個傻蛋。」

「謝謝你啊，艾克，這麼好心提醒我。」

「現在好好念你的八年級就好，成績全拿到A了嗎？」

「差不多。」現在西奧最不需要的就是再經歷一次討論成績的痛苦，他不知道艾克為什麼覺得自己有權利拿成績的問題來騷擾他。「上星期我遇到喬．福特了。」他脫口而出，企圖讓他們的對話一百八十度大轉彎。

艾克喝了一小口啤酒。「我相信那一定很刺激。在哪裡遇到的？」

「事務所，他找我爸處理一些法律事務。他是那種覺得跟小孩講話很浪費時間的人。」

「如果喬．福特無法從你身上大撈一筆，他就不會有時間跟你聊天。」

「後來他把我爸炒魷魚了。因為我和法官出現在報紙上，立誓對抗計畫建造支道的惡棍，他看到就氣瘋了。」

「語氣有點強烈。」

「所以呢？我當時很生氣，爸失去這麼寶貴的客戶也很生氣，但我不懂，我們小小的事務所為什麼要跟福特先生這種人有任何瓜葛，我猜這大概也不干我的事。」

沉默了好一會，艾克說：「聽著，西奧，我從來不曾見過喬．福特，我想我所知道的都是傳聞中的他，多數人都是如此。我猜他其實不是騙子，我們就說他是個典型的生意人好了，就是美式作風，不是嗎？像福特這樣的人也需要律師，所以你爸幫他處理法律事務並沒錯，法律事務所也有帳單要付，西奧。」

「如果我親眼看見了呢？」西奧脫口而出：「辦公室裡的舊檔案，你應該知道我的意思吧，艾克？」

艾克瞪著西奧。西奧在事務所到處窺探的習慣曾經惹上麻煩，而通常最後也會把艾克拖下水。他謹慎地問：「是和福特先生的某件交易有關的東西嗎？」

西奧點頭不語。

「是我可能不知道的事嗎？」

西奧點頭不語。

「是福特先生想隱瞞的事嗎？」

西奧點頭不語。

「你又入侵事務所的數位檔案系統了嗎？」

西奧說：「我沒有，而且我也沒偷窺，我在做我的事，卻突然撞見喬．福特的資料，不知道是誰擺在那張快退役的桌子上。」

艾克知道西奧在事務所很難只管自己的事。他緩緩起身、做些伸展動作，然後搓著鬍子走到某個書架旁邊，把音響關掉。他斜倚著牆面，雙手在胸前交叉後說：「不管你看到什麼，不要再說下去了，西奧。律師和客戶的關係是最高機密，每一位客戶都有權被保護，不論是當下的客戶，還是以前的客戶。那些資料與你無關，你擅自打開看就是不對。」

西奧頓時覺得糟透了，他知道艾克說的有理，卻沒料到會被毫不留情地訓斥。然而艾克還沒說完：「我不在乎那是什麼資料，西奧，你要把看到的都忘掉，聽清楚了嗎？」

「噢，再清楚不過了。」

「律師有義務保護客戶。就是這樣。」

「我懂了，艾克。」

艾克走回旋轉椅坐下，瞪著他的姪子，又沉默了一會。最後西奧提問：「我應該跟爸爸說嗎？」

「不用，把事情忘掉就好。」

「好。」

西奧在幾分鐘後離開，慢慢騎回事務所，他仍然無法接受這件事，這個祕密就要這麼隨著文件夾裝箱，埋藏在布恩&布恩事務所深處。這似乎並不公平。

第24章

星期二最後一堂課的下課鐘聲響起，社運小子們匆匆趕到學校大禮堂集合。在六年級排練時間開始之前，有半小時空檔，蒙特老師只是含糊地說辯論小組需要進行某種練習，好不容易換來三十分鐘。他們火速將舞台布置得像辯論會現場，中央設置講台，兩旁各放著一張長方形摺疊桌。因爲不是眞的比賽，椅子排得離舞台很近，上面坐著假觀眾，由西奧和哈迪所徵召的十幾個朋友扮演。爲了讓影片更有質感，蒙特老師將攝影機放在三角架上，每個人就定位後，蒙特老師宣布：「現在讓我們歡迎，西奧多·布恩。」接著開始錄影。

西奧從桌子旁邊站起來，他右邊是哈迪·雀斯和伍迪，四個人都戴著夾式領帶和亮黃色的手術用口罩。西奧走向講台，朝另一組人馬點頭致意，那邊坐著賈斯汀、布萊恩、達倫和愛德華，他們也是蒙特老師辯論小組的志願組員，同樣戴著夾式領帶和黃色口罩。愛波與哈迪班上的一些同學都在觀眾席，一群人密集地坐在講台近處，他們也都戴上黃色手術用口罩。

哈迪父親在網路上找到這種口罩，什麼顏色都有，一盒只賣九塊美元，裡面有五十個。

西奧拉下他的口罩，皺眉看著鏡頭說：「我的名字是西奧·布恩，今天的辯論議題是所謂的『紅溪支道』。」他咳了兩聲，再用口罩蓋住鼻子和嘴巴。講台旁邊有一幅本郡的大型地圖，上面以血紅色標示出支道位置，彷彿在斯托騰堡開出一條死亡之路。西奧指著地圖說：「這條路將成爲七十五號公路的延伸，繞斯托騰堡一圈後，進入較偏僻的鄉間，摧毀當地五十戶人家、數座農場、登山步道以及歷史悠久的教堂，不僅如此，兩萬五千輛汽車或卡車將每天從傑克森小學門口呼嘯而過。」

彷彿排演過似的，觀眾立刻發出噓聲並喝倒采。

西奧繼續說：「連足球運動中心都會遭殃，這條路甚至將兩度橫越紅溪。」

更多不滿，更多噓聲。

「這條支道將耗費兩億美元，目前極力推動建案的力量來自商人、政客與斯托騰堡南北方的貨運公司。」

更多不滿，更多噓聲。

「這個建案最糟的地方在這裡，就在傑克森小學，大約四百名學生在這裡受教育，從托兒所的幼童到五年級生都有。截至目前爲止，關於學校附近的噪音和汙染問題，沒有任何相關研究，可以確定的是，學校的空氣品質絕對會大受影響。」

彷彿排演過似的，每個人都開始咳嗽，甚至是對面的組員。西奧以誇大的語氣說：「簡言之，支道建案實在太糟糕了，既浪費錢又危險，永遠不應該有這麼一條路。」

觀眾適時停止咳嗽，並給予掌聲鼓勵。

贊成建案的辯論小組派出賈斯汀，他戴著亮黃色口罩衝向講台。「正好相反，我們需要這條公路，因爲它能讓某些人獲利，貨運公司、土地開發商、建築公司，全都能因此獲得龐大利益，這個建案對他們特別有幫助，但對我們也有好處。」

「他們賺的錢愈多，納稅金額就愈高，呃，至少那些不逃稅的人是如此，然後我們就會有更多稅收，我們政府也能運用這些錢做更多事。你們難道不明白嗎？」

觀眾的確不明白，於是繼續喝倒采。

蒙特老師站出來說：「好，現在讓我們花一分鐘，重新考慮這個案子。」

他們的目的是要拍攝兩分鐘的內容，辯論場景就占去三十秒。在蒙特老師的指導下，他們又重拍了兩次。最後一次，辯論中的兩組人馬開始互相叫囂，罵著「騙子！」、「詐騙集團！」、「無恥之徒！」，演變成灑狗血的戲碼。賈斯汀上台胡說八道時，連觀眾都拿起紙屑往講台上丟。

所有人的臉都藏在手術口罩後面，因此看不到他們的笑容。半小時後，西奧、哈迪和蒙特老師終於心滿意足，這下他們有足夠內容做個盛大的開場。

接下來的拍攝難度較高。第二幕需要更多的演員，出錯的可能性較高。

星期三下午放學後，社運小子們在一個離斯托騰堡中學不遠的老舊壘球場集合。離壘球季還有好幾個月。當天下午，場地照說應該無人使用，不過在斯托騰堡或是任何其他城市，只要足球季一開始，就沒有場地是安全的。所有足球教練都會開始搜尋附近社區，看看有沒有適合練球的空曠場地，這也導致不少紛爭。傑克森小學附近的全新足球運動中心就是爲了因應這個需求而建，藉由提供合適的空間，紓解爭奪球場的壓力。現在運動中心週間下午都擠滿人，整個週末就更不用說了，這麼看來，足球場彷彿永遠不夠用。

不過今天看來還沒有足球的蹤跡，至少不是有組織的隊伍。下午四點整，腳踏車和汽車匆匆抵達，紅色聯盟的球員，也就是哈迪的隊友來了很多人，他們迅速換上制服。傑克．佛特貝瑞教練帶來一大袋球、橙色三角錐和一個可攜式小型足球架，他還準備一些多的練習用球衣給另外一支「隊伍」。西奧和哈迪徵召了一幫非球員雜牌軍，大部分是他們自己班上的同學。上場球員總計十五名，一半穿著紅色聯盟球衣，另外一半穿著白色練習球衣，全員戴上亮黃色的手術用口罩，彷彿四周毒氣瀰漫，場外的家長拿著各式各樣自製標語：「拒絕支道建案」、「保護我們的孩子」、「向車輛廢氣說不」等等，他們也戴著黃色口罩，其中許多人不是來自昆恩家族，就是與昆恩家有關的人。

爲了製造額外的戲劇效果，或是添加一些幽默元素，兩位教練——佛特貝瑞教練和蒙特老師在頭上綁著一次大戰時所用的一款厚重瓦斯面具。那是哈迪在網路上找到的配備，一個十美元，雖然不是眞品，看起來卻假以亂眞。

西奧負責特效。測量好風向後，他和雀斯緩緩往右側界線移動，趁四下無人，點燃一個煙霧彈，往地上一丟，接著迅速離去。一陣微風吹起帶點藍色的煙霧，隨即在整個場地漸漸散開。西奧事先做了功課，斯托騰堡的法令規定必須取得許可才能施放煙火，而西奧當然選擇不去申請。雖然規定如此，煙火的定義是引爆時會發出巨大聲響的攜帶式物件，在西奧的解讀下，這並不包括毫無聲響的煙霧彈，要是被逮到，西奧打算這麼辯解。不過看來被逮到的可能性極低，誰會去抱怨？現場的每個人都可以說是他的隊友。

這片煙霧在球場完全散開後，比賽正式開始。其實也不算眞的比賽，比較像是遊戲時間，男孩們在場上追著球跑，奮力踢球，踢得愈遠愈好。他們咳了又咳，然後作嘔，甚至在西奧無畏的指導下，在一陣陣急促喘氣聲後不支倒地，彷彿不敵柴油廢氣的攻擊。西奧和哈迪拍攝拿著標語的球迷、戴著防毒面具大吼的教練，還有一場罰球的橋段，球從守門員身邊飛過的那一刻，他忽然倒地不起。

最後一場戲很悲慘，所有球員都倒下了，他們大口喘氣、急促呼吸，直到嚥下最後一口氣，宛如槍戰後所遺留下來的垂死士兵。

一位老先生從附近的屋子裡走出來，開始提出問題：「這些煙是從哪裡來的？」在場每個人都聳聳肩。

「孩子們，你們沒事吧？」

孩子們再度聳聳肩，一一起身離去。

「要打九一一嗎？」

「不需要，沒關係的。」蒙特老師說。

「爲什麼每個人都戴著口罩？」

「因爲空氣汙染。」西奧一邊回答，一邊跳上腳踏車。

星期六下午，足球運動中心即將同時進行十場比賽，場內人滿爲患，停車場雖然已經客滿，車輛還是不斷進來卡位。哈迪出場的比賽在上午，於是下午的時間就空了下來。西奧、雀斯、伍迪和愛波在傑克森小學附近和他碰頭，準備拍攝下一場戲。通往學校的道路向前延伸就是足球運動中心，因此往來車輛眾多，他們必須特別小心。雖然週末時間在公立學校校園裡遊蕩並不犯法，但西奧不想被好奇的人們問東問西。從經驗得知，公立學校夜間和週末的警備鬆散。

一幫人戴上黃色手術口罩，在校園入口處的大型「傑克森小學」招牌旁拍照，接著從主要大樓的後方溜進去，往操場方向前進。沒有警衛或教職員出沒的跡象，西奧丟下煙霧彈後閃開，操場隨即煙霧瀰漫。雀斯操作攝影機，西奧、愛波、哈迪和伍迪馬上開始動作，雙腳亂踢、雙手在空中猛抓，他們都已經十三歲，雖然黃色的手術口罩遮住大部分的臉，喬裝成小學生恐怕還是沒有說服力，如果以遠鏡頭拍攝，或許能矇混過去。雀斯繼續拿著攝影機往後走，差不多在四十五公尺處找到理想畫面。這一幕簡直太完美了——操場上的孩子們戴著口罩，漸漸被骯髒的柴油廢氣籠罩。

「對了！」他對朋友們大叫：「這樣就對了。」

星期六晚上，西奧和哈迪在雀斯．惠普家過夜。布恩家和惠普家交情匪淺，西奧時常到雀斯家一起過週末。男孩們聲稱他們有幾部電影要看，但真正的理由是要完成他們的曠世鉅作。雀斯知道幾個影片銷售網站，上面什麼內容都有，而且只要六美元（由哈迪爸爸的信用卡支付），他們下載貨櫃車在壅塞公路上行駛的畫面，伴隨著大量噪音與廢氣，還有四線道公路上堵車的畫面，經過薩巴斯宣．萊恩同意後，借用斯托騰環境評議會網站上的影音片段、表格與照片。

他們把所有材料灌到雀斯的電腦裡，由他負責編輯剪接。雀斯能用電腦變出別人不會的花樣，他錄製唱片、製作影片、創作漫畫，也發展科學研究計畫，或者幫故事搭配插圖，雀斯在世界各地都有可以聊天交流的朋友。他們學校每年都舉辦電腦奧林匹克比賽，雀斯也連續三年獲頒金牌，他的對手常常是比他大兩、三歲的學生。只要是網路上的東西，雀斯一定找得到，而且通常是第一個發現關鍵的人；只要是現有的軟體，雀斯一定能在幾分鐘內明白使用的訣竅。

他們一邊看影片，一邊腦力激盪，有時也會互相爭論，影片最終版就這麼漸漸成形。

影片以全黑畫面與卡車柴油引擎的刺耳噪音開場，影片標題「哪兒也去不成的支道」在愈來愈大聲的卡車噪音中出現在螢幕上。下一個畫面是西奧站上講台，戴著亮黃色的手術用口罩自我介紹；他大聲譴責支道建案時，又切到觀眾的畫面，然後是對方辯論組，所有人都戴著亮黃色口罩，辯論進行愈激烈，觀眾噓聲愈大。下一幕來自環評會，支道預定路線的實景拍攝。接近傑克森小學時，旁白薩巴斯宣．萊恩以沉重的口氣說明這條公路將對學生造成什麼樣的危害，再切到一張社運小子們在傑克森小學招牌前拍下的照片，每個人都戴著亮黃色口罩。音軌切到柴油卡車經過的轟隆聲，鏡頭轉到孩子們在操場上快樂嬉戲，卻出現愈來愈濃的危險煙霧，漸漸將他們吞沒。

煙霧彈效果好得出奇，三個男孩都覺得很驕傲。

一名年輕母親的臉忽然出現，她一邊拭淚，一邊娓娓道來，一天兩萬五千台車輛對傑克森小學來說，會是什麼樣的潛在威脅？她有兩個孩子在那裡就讀，政府怎麼會想到這種方案？為什麼不以學童的安全為重？

下一幕又回到辯論現場，賈斯汀在台上辯稱，唯有建造這條公路，才能創造更大利益，台下觀眾發出噓聲，有幾個甚至朝台上丟紙屑。他繼續爭辯，畫面轉成一條壅塞的四線道公路，貨櫃車和汽車接踵而至。

那場模擬的足球比賽是影片的高潮，在雀斯巧手剪輯下，出現一群球員在毒氣中又是咳嗽又是作嘔、勉強進行比賽的畫面。場外的家長戴著黃色口罩加油、高舉手繪標語，而教練們也戴著防毒面具嘶吼。最後所有球員都倒下後，出現法官的特寫鏡頭，牠坐在露天座位，前腳骨折，頭上綁著黃色的手術口罩。

全黑的畫面上寫著：保護孩童，停止支道建案。

看第二遍的時候，男孩們忍不住大笑。如果容許他們稍微自誇一下，這部影片實在太優秀了，至少他們都這麼認爲。他們稍微修飾了一下，那邊加一點、這邊減一點，直到惠普太太在十一點整走進雀斯房間，宣布上床時間到了。

雀斯問他媽媽要不要看他們的曠世鉅作，答案當然是肯定的。從很久以前，惠普太太就已學會，不論兒子電腦裡跑出什麼，都不用驚訝，雖然絕大部分雀斯父母都沒看過，不過當兒子主動提供觀賞機會，惠普太太從來不會拒絕。

男孩們屏氣凝神地等了兩分鐘，觀察他們第一個觀眾的反應。惠普太太先是微笑，然後皺眉，後來看到足球隊員倒地不起時，甚至放聲大笑。

「非常好。」影片結束時，她說：「太棒了，接下來你們打算怎麼辦？」

「我們還要討論一下。」西奧說。

「我想也是。現在該睡覺了。」

她離開後，雀斯將影片寄給蒙特先生和環評會的薩巴斯宣・萊恩。

第25章

星期日下午五點，雀斯將「哪兒也去不成的支道」上傳到他們的同名臉書粉絲頁以及YouTube。粉絲頁目前已有超過兩百名粉絲，大多數都開始分享影片連結。薩巴斯宣．萊恩將連結寄給所有反對支道建案的環保團體，進而由他們寄到所有成員的電子郵件信箱。

星期日晚上，西奧關燈睡覺前做的最後一件事就是查看YouTube點閱人數，目前共有一千八百八十三人點閱，其中包括西奧的父母。他們表面上雖然同意，卻也擔心兒子在這場凶險的政治鬥爭中強出頭。

西奧星期一早上起床時，已有三千人點閱。到學校之後，班上同學也都在討論這件事。到了午餐時間，點閱人數衝破四千。西奧快步走上艾克辦公室的樓梯、趕赴每週一下午的約會時，幾乎已經有五千人。

西奧前一天晚上就把連結寄到艾克的電子郵件信箱，而艾克花了一整天分享給所有他認識的人，也看了很多評語。「幾乎都是正面評價。」他說：「看來你成功打入人心了，西奧。」

西奧也看了很多評語，幾乎難以招架排山倒海的回應。大部分顯然是反對支道建案的人很高興看到這支批判影片；多數人也承認自己看到足球比賽那一幕，兩隊人馬皆因吸入毒氣而暈倒時而哈哈大笑。想當然耳，也有一些批評的聲音。有個傢伙說這支影片是「兩分鐘的便宜貨，由一群不能投票、不能開車、不納稅也顯然不會看報的毛頭小子拍攝」。但總體來說，這支影片大受歡迎。

艾克想知道拍攝過程，西奧也給了詳細說明。煙霧彈是他出的主意，黃色手術用口罩是哈迪的想法，艾克超愛法官現身的那一幕，卻不得不說牠戴著口罩看起來好悲慘。

他們有說有笑過了三十分鐘，西奧該離開了。他們兩人都沒提到西奧在快手福的檔案夾裡發現的祕密情報，西奧當然不曾忘記這件事，只不過他不知道該怎麼辦才好。

星期二的午休時間，葛萊德威爾校長把西奧請來校長室一趟。西奧一抵達，就看到《斯托騰公報》的諾里斯．福雷帶著詭異的笑容等在那裡。無論何時，福雷都讓自己看起來像是剛起床，衣服皺巴巴、頭髮亂糟糟，也很少刮鬍子，西奧覺得市區的街友都比他體面。

「他說想跟你談一下。」葛萊德威爾校長說。他們站在她的辦公室。

「我們認識。」西奧說，狐疑地打量福雷。

「我在寫關於那支影片的報導，西奧。」福雷說：「那是個不錯的故事，我想跟你和你的朋友們談談。現在影片已經像病毒般傳開，你不覺得嗎？三十六小時內就有萬人點閱量。」

「還算可以吧。」西奧說。

「那支影片引起廣大迴響，片子本身也成為一條新聞，這就是我出現在這裡的理由。」

諾里斯·福雷無所不在，靈敏的鼻子總是到處搜尋醜聞，偶爾碰上一兩個好報導。「葛萊德威爾校長，您覺得怎麼樣？」

「如果我是你，我會先跟爸媽確認。」

「好主意。」

西奧走到辦公室外，打電話給媽媽。西奧贏得過多注意，布恩太太已經對此極為反感，不過另一方面，這場學童領軍的混戰或許能扭轉支道建案。她提醒西奧發言謹慎，特別要小心別讓「惡棍」和「騙子」等字眼脫口而出，她也建議西奧迴避任何關於煙霧彈的問題。

放學後，西奧、哈迪、伍迪、雀斯和愛波在一間空教室裡與諾里斯·福雷碰面，蒙特老師也在一旁聽他們的對話。福雷顯然覺得影片相當有趣，甚至喊著他也要來反支道建案，他不但崇拜他們製作影片的天分，同時對於他們對這個議題的認識感到欽佩，西奧他們對支道建案做足功課，比某些他採訪過的政客還了解狀況。哈迪很有效率地描述他們家族農場和他爺爺的生活將如何被毀滅，西奧對土地徵收的了解比一些福雷交談過的律師還要深入。福雷像往常一樣隨身攜帶相機並拍了幾張照片，雖然無法得知訪談上報的確切日期，不過他有預感應該會很快。

第二天早上六點半，西奧被鬧鐘吵醒後，立刻上網查詢《斯托騰公報》。他嚇傻了，今日頭條用粗體字寫著：影片動搖支道建案。下方置入照片兩張，一張是社運小子們在傑克森小學校門口拍的彩色照片，全員戴著黃色口罩，顯然截取自影片；另一張是諾里斯．福雷前一天下午拍的照片，他們的姓名被一一標示在第二張照片旁邊。

西奧覺得胃在翻攪，迅速讀完這篇報導，祈禱自己沒說什麼會被告的話，或是被胡亂引用。還好沒有。福雷詳實地描述影片內容並附上連結，如今影片點擊次數已達一萬五千次，報導說這支影片為郡委員們帶來很多困擾，五人全都接到民眾憤怒來電，也收到憤怒的電子郵件，有些民眾甚至氣得跑到委員辦公室，要求跟他們見上一面。福雷也拜訪傑克森小學並採訪幾位家長，一位四個孩子的媽媽宣稱她的家族裡十七個人有投票權，沒有一張票會投給贊成支道建案的委員；另一位媽媽立誓讓她的兩個孩子休學，寧可請私人家教；一位憤怒的爸爸說要動員其他家庭，一起籌錢聘請律師反對支道建案；一位不具名的幼兒園老師表示：「竟然有人毫不關心孩子的安全，眞是太令人震驚了。」

唯一願意站出來說話的委員當然是密契爾．思達克先生，強硬的態度似乎一點也沒變。他說自己沒看過那支影片，那充其量只是「幼稚的噱頭」，歡迎大家打電話、寄電子郵件、寫信給他，或親自到他辦公室。「這就是民主的眞意，敝人相信美國憲法第一修正案所揭示的言論自由，在此呼籲這個行政區內的每個人都應該發表自己的意見。」他接著繼續吹捧支道建案，聲稱該方案將帶給民眾巨大利益。

西奧喃喃自語：「要是建案通過，你的女婿會大撈一筆的事怎麼隻字不提。」

外面傳來輕輕的敲門聲，接著門開了，布恩太太慢慢走進房裡。「早安啊，西奧，等不及看早報了嗎？」

西奧被逮個正著，微笑著說：「媽媽早安。」

「我泡了熱巧克力。」她拿著兩個大杯子。

「謝謝媽。」她坐在西奧的床邊，法官也靠得很近，牠嗅著熱巧克力。「這一篇報導不錯，是吧？」

「很不錯。」西奧說：「我當時很緊張。」

「很好，在記者面前保持緊張就對了，不過我想諾里斯·福雷這次做得不錯。」

「爸看到了嗎？」

「噢，當然。我們剛才在廚房討論這件事。」

「他生氣了嗎？」

她拍拍西奧的膝蓋說：「不，西奧，你爸和我都覺得很驕傲。我們只是討論而已，這麼說好了，我們很擔心你可能會陷入一場兒童不宜的戰爭。」

「哦，真的嗎？在那裡上學和踢足球的孩子又如何？將被迫吸入柴油廢氣的孩子呢？和哈迪一樣會失去土地財產或家園的孩子呢？」

布恩太太就著杯子喝了一小口，對西奧微笑。兒子說的沒錯，她的心裡也很清楚，然而西奧並不明白賭注這麼大的時候，政治鬥爭會變得多野蠻。「我不是來跟你吵的，西奧，只是和你爸想保護你。」

「我知道，請相信我真的知道。」

母子倆沉默了好一會，盯著地板。西奧喝了一大口熱巧克力後，說：「媽，下星期二是公聽會，我真的很想參加，你和爸可以答應嗎？」

「當然，西奧，我也會在場。我反對支道建案，也想讓委員們知道。」

「酷斃了，媽。那爸呢？」

「他可能不會去。他不喜歡長時間的會議，你知道吧？」

「當然。」

她走出房間，西奧和法官也跟著下樓。西奧進行他每天早上的例行公事，以最快的速度完成淋浴、刷牙、戴牙套、穿衣服和吃早餐。

他等不及上學去。

第26章

這天傍晚，西奧將房門上鎖，打開他的筆記型電腦，開始打一封信。他花了好幾天的時間構思這封信的內容，雖然他懷疑自己可能根本不會寄出，但還是想寫。

親愛的密契爾．思達克：

我手邊的資料顯示，你的女婿司徒．麻宗持有帕金土地信託公司百分之二十的股份，其他股東包括喬．福特和另外兩個人。還有一份關於選擇權的法律文件，賦予帕金公司從華特．比森先生手裡購買斯文尼路附近兩百公頃土地的權利，前提是斯托騰郡委員會通過支道建案。這些文件明顯指出，你的女婿將因支道建案通過而獲取暴利，這明顯與你的職責產生利益衝突。

我無從得知喬．福特是否給你任何承諾，但我相信記者會很有興趣挖掘你不堪的祕密。我們不妨做個交易：下周四晚間，如果你投票贊成支道建案，我就把這些資料轉交給《斯托騰公報》的諾里斯．福特先生；如果你投票反對，那麼你和你女婿與喬．福特之間的祕密交易將免於被揭露的命運，至少不會是由本人揭露。

關切的選民　敬上

經過長時間的研究，西奧已經弄清楚寄匿名信並不違法。任何人都可以利用美國郵政以匿名方式寄信或寄包裹給任何人，只要匿名信的內容不涉及恐嚇，寄信人就不會被起訴，假設寄信人眞的曝光的話。

威脅別人是違法的嗎？西奧掙扎了好幾個小時思考。欲構成犯罪行爲，當事人威脅對方時必須有明顯意圖與相關能力以執行所威脅事項，比如說，某甲威脅要殺害某乙，聲稱要以某種無法執行其威脅事項的方式執行，便不構成犯罪；相同的，某甲威脅要殺害某乙且眞有此意圖，但某甲四肢癱瘓、無法執行其威脅事項，因此不構成犯罪。然而如果某甲眞有殺意且有能力執行其威脅事項，這樣就構成犯罪行爲。

這樣的辯論正是西奧熱愛法律的理由。

就密契爾．思達克的例子而言，西奧說要公開他幕後交易的威脅並不是犯罪行爲，即使他是認眞的，也有能力做到。爲什麼？因爲揭露貪腐與殺人是截然不同的事，揭露貪腐並不是違法行爲，而殺人當然犯法。

西奧反覆讀這封信，反而更加緊張，他覺得自己像是聖經裡瘦小的大衛，正在與巨人歌利亞對峙。思達克先生是有權有勢的政客，任職於郡議會已長達十五年，甚至在西奧出生之前，他就是郡委員了。

他西奧．布恩算哪根蔥，竟然想恐嚇這個人？

但從另一個角度想，西奧不會被逮到，至少理論上不會。如果他真的決定把信寄出，他會做得天衣無縫，不會有人知道這封信來自何方，這就是匿名信的目的，不是嗎？寄信人得以受到保護。他會戴著橡膠手套，也不會用口水黏郵票，所有內容都用電腦處理，完全不用手寫，然後拿到學校列印出來，讓人無法追蹤，最後從遠方的郵筒寄出，好擺脫監視器。他很肯定自己絕對能順利脫逃。

但他仍然覺得不對勁，這樣顯得有點懦弱，應該有更好的辦法能正面攻擊那個腐敗的政客，而不是鬼鬼祟祟地到處寄匿名信。經過三天不中斷的腦力激盪和密謀，西奧還是想不出別的辦法。

他關上電腦，關上燈，把法官抱上床、放在腳邊，試著讓自己入睡，卻怎麼也睡不著。

這封信只是個幌子，虛晃一招就沒別的了，這不是眞的威脅，因爲西奧不可能將他知道的洩漏出去。那批資料被塞進無用資料的箱子裡，儲存在布恩&布恩事務所深處，西奧知道遊戲規則，艾克也把規則講得更明白，凡牽涉到客戶機密，一概不許外流。

所以何不把信寄出去？不會造成任何傷害，不是嗎？這不是犯罪行爲，喬．福特的檔案仍然受到保護，思達克先生讀了信之後，會立刻知道不管寄信人是誰，這個人知道眞相，如此一來，他或許會害怕被揭露，這封匿名信很有可能讓思達克先生被迫投下反對票。

這麼做是對是錯？西奧輾轉反側了一小時，法官也在黑暗中瞪著他，然後他突然想起一件事：這封信會讓思達克先生得知喬．福特的交易嗎？會，當然會。但是思達克先生已經知道這筆祕密土地交易了，不是嗎？所以其實信上說的事，思達克先生早就知道了。這樣算是洩漏客戶的祕密嗎？「可能是。」西奧大聲說：「但也有可能不是。」

西奧的胃又開始翻攪，他需要去廁所解決一下。午夜時分，他坐在床上，在黑暗中駝著背、飛快地敲擊鍵盤，關於下週二晚上公聽會，他又有新點子了。此刻他暫時忘了信的事。

西奧幾乎沒怎麼睡，早上六點半就醒了。他先在臉上潑點水，接著打開筆記型電腦。他最近養成一起床就查看 YouTube 的習慣，他們的支道影片已有高達三萬一千次點閱紀錄，西奧自己又看了一次，臉上泛起笑容。下一步是到《斯托騰公報》網站，發現有另一則諾里斯．福雷寫的頭條新聞，福雷先生顯然再度前往傑克森小學尋寶，找到一個好故事和一位有很多話要說的老師。魯妮老師與她班上的三年級同學開始戴黃色手術用口罩表示抗議，他們的行動迅速傳到三年級所有班級，甚至四年級也開始這麼做。文章旁邊有一張漂亮的彩色照片——五十名戴著口罩的學童站在操場上。

黃色口罩，好棒的點子。

照片下方是另一則相關報導。州長在前一天特別來到斯托騰堡，爲支道大軍加油並大力推動建案。他在一場商業論壇午餐會談致詞，滔滔不絕地鼓吹支道對地方的重要性——州長的標準話術。報上還刊登他與兩位郡委員的合照，他們分別是密契爾．思達克和盧卡斯．葛萊姆，州長稱呼這兩位先生爲「勇敢的領袖」，因爲他們有勇氣做決定，不畏困難。

西奧瞪著密契爾．思達克的眼睛，決定把信寄出。

他一直等到星期五下午才行動。先在吉爾車行那條街搜尋到郵筒，是個典型的美國郵政郵筒，藍色金屬箱上方有個下拉式的寄信洞口，西奧可以斷定這附近的建築物並未設置探人隱私的監視器。

他有三封完全相同的信，信紙本身是素面白色影印紙，就像每個法律事務所都會用的那種，原版的文字略經修飾，信封也是白色素面，但上面的字樣不同。寄信人的地址是捏造的，那是一位住在斯托騰堡高伍德街六六七號的托比．克萊門先生，電話簿上沒這個人，斯托騰堡也沒這條街，西奧決定寫上寄信人地址，增添眞實感。其中一封寄到思達克先生自宅，另一封是寄到他開的五金行，最後一封是寄到郡委員會辦公室。

郵務人員會在每天下午六點收取郵件，星期五下午四點十分，西奧往郵筒方向前進，背包裡裝著三封信。他神經緊繃，雖然他也說不出所以然，但就是覺得自己彷彿正要犯下嚴重的罪行。過去一整個星期，他不斷自我辯論，來來回回、上上下下、裡裡外外、優點缺點，終於認定這是正確的做法，或許感覺起來不完全正當，至少不會給他惹上麻煩，而且最重要的是，也許能讓支道建案胎死腹中，拯救昆恩家族的農場，讓汙染的空氣遠離學童，有諸多好處。西奧相信自己是對的。

沒錯，他在學校、在辦公室裡以及騎去郵筒那裡的路上，都是這麼相信著，然而他停下車，從背包裡拿出那三封信的時候，突然有個聲音叫他不要那麼做。「不要把信寄出去。你也很清楚那是不對的，你是在利用你無權使用的情報。如果你是眞正的律師，而不是少年律師，這麼做就是違反律師倫理，還可能會惹上大麻煩。別寄出去，西奧。」

他的心臟猛烈跳動，雙腿沉重，西奧知道應該依良心做事。即使事情看起來沒錯，並不表示就是對的，艾克向他說過，出庭時厲害的律師總是相信直覺，而此時此刻，西奧的直覺反覆無常。

他將信件放回背包，快速離去。騎到下一條街時，他感覺好多了，他在呼吸、微笑、猛烈地踩著踏板，而他的背包因爲那三封信的重量，感覺輕多了。

第27章

西奧最近一次這麼興奮是在達菲案開庭那天，當時他的朋友甘崔法官還特別爲蒙特老師班上的學生在大法庭二樓預留旁聽席，許多觀眾都站著旁聽，畢竟那是斯托騰堡幾十年來最大宗的謀殺案審判，而西奧和他同學很幸運能有位子坐。

這次的情況全然不同，公聽會在晚上八點開始，幾個團體兩個小時前就在郡辦公大樓外集結，想搶好位子的民眾也在前門大門口形成一條人龍，數十名抗議人士拿著標語在街道附近來回踱步，看起來似乎都是反對支道建案的人。兩家電視公司的採訪小組也在現場做準備。

西奧在六點半騎著腳踏車到達，他和哈迪、伍迪、愛波碰面，然後大家各就各位。他們在這棟建築物前方的紀念碑旁就定位，開始分發黃色手術用口罩給任何願意拿的人，哈迪的父親載來一卡車的口罩，也開始幫忙。事實上，昆恩家族全員都提前現身。

他們這一群抗議人士身上多了一圈新裝飾。愛波提議加上一條黃色頭巾，中間以黑色粗體字寫著「有毒」，她和她媽媽找到適合的布巾，再用一台網版印刷機印上字樣就完成了，這也是個很棒的點子。他們戴上黃色口罩，搭配黃色「有毒」頭巾，著裝完畢後，每個孩子看起來都像迷你版的恐怖分子，瞬間就順利吸引了一群人，每個路過的小孩以及相當多的大人蜂擁而上，爭相索取免費口罩和頭巾，甚至引起一家電視台員工的注意，開始拍攝他們。

晚上七點，郡辦公大樓前方的小型廣場已湧入好幾百人，包括很多小孩，頸部以上都是黃色，主要大街上排滿車輛，卻動彈不得。最後幾扇大門終於開了，群眾爭先恐後地往大樓裡面擠。

此類公開會議都是在大禮堂進行，挑高的天花板、長條形的窗戶，還有一排排舒適的座椅。委員們在禮堂最前方進行會議，各自坐在一張大型皮椅上，前方的長桌擺著名牌和麥克風，後方坐著助手和助理兵團。

七點半左右，西奧終於走進禮堂，此時觀眾席已坐滿人，牆壁旁邊也有一排排的人龍，他在靠近禮堂後方找到地方站，環顧四周，驚訝地發現黃色的人海，現場有幾百個小孩，每個人都戴著口罩和頭巾，很多家長也是同樣打扮。

一位行政官員請觀眾肅靜，委員會正在商量別的議題，請大家保持禮節。西奧往遠方望去，仔細觀察皺著眉頭的密契爾．思達克，身為主席的他坐在中央，台上的五位委員都是白人，全部露出困惑的表情。

二樓包廂也開放使用，同樣迅速滿座。消防總長出面宣布禮堂內已達法定人數，無法繼續開放民眾入場。在對面遠方某處，西奧看到他媽媽，而想當然耳，媽媽並沒有認出他，因爲他的臉大部分都被黃色口罩遮住，額頭還綁著「有毒」頭巾，與禮堂裡好幾百名孩子無異。西奧向媽媽揮手，但她還是沒注意到。布恩先生並未出席。

思達克先生將麥克風拉近。「晚安，謝謝各位的參與。我們斯托騰堡的公民如此投入當前的重要議題，眞讓人感到耳目一新，我們很想聽聽各位的意見，希望會有足夠的時間。根據會議規則，本公聽會將以守秩序且文明的方式進行，禁止歡呼、喝采或喝倒采、發出噓聲、吼叫，也不准以任何方式公開表示抗議，在講台上發表意見除外。首先，由州立交通部門的代表正式介紹建案，也就是各位熟知的『紅溪支道』建案，身爲委員的我們有權提問並帶領大家討論，之後如果時間允許，再由關心該議題的公民提出意見。」

一群身穿黑西裝的人起身圍住講台，一位交通部發言人先自我介紹，接著開始唸一長串無聊的建案介紹稿。十分鐘過後，觀眾似乎洩了氣，看來這所謂的正式報告將會沒完沒了。第一位發言人交棒給第二位，這位交通研究專家立刻用排山倒海的數字將觀眾淹沒。

大人觀眾盡量集中注意力在乏味的報告上，孩子們卻沒能選擇。西奧戴著口罩呼吸已經很累了，無聊的報告更讓他昏昏沉沉。在他後面的一個大人說：「他們想讓我們無聊死，以爲這樣我們就會回家。這是老把戲了。」

另一個人回應：「對啊，不只這樣，還故意選在晚上八點舉行，本來應該早點開始的。」

禮堂四處都有人竊竊私語，孩子們侷促不安，頻頻跑廁所。第三位發言人說話毫無抑揚頓挫，他以呆板的聲音宣布：「好，第二份交通研究報告較第一份簡短，由我來詳細說明。」觀眾席埋怨聲四起。委員們偶爾提出幾個問題，稍微打斷冗長的報告，絕大部分則是政府發言人與專家喋喋不休，彷彿打算講好幾個小時。九點到了又過了，還是沒有結束的跡象，各種地圖和模型投影在禮堂前方的大型螢幕上，跟過去幾個星期在報紙和網路上說的一模一樣，毫無新意。

觀眾開始坐立不安，卻仍然堅守崗位。儘管很多孩子的上床時間到了，這些家長似乎已經下定決心不走，少睡一點有什麼關係？這場公聽會比睡覺重要多了。

恰克．切羅尼先生是唯一公開譴責支道建案的委員，他和交通部專家們開始爭論時，現場氣氛轉趨熱絡，強力支持建案的盧卡斯．葛萊姆先生聽了很不高興，於是兩位委員你一言、我一語地毫不相讓。台上的憤怒情緒與誇張戲碼讓公聽會活絡了起來，可惜只維持了幾分鐘。兩位委員的爭吵終於平息下來，卻又來了一位發言人占據講台，開始他的個人秀。

建案的正式報告終於後繼無力，此時幾乎已經晚上十點。思達克先生靠近麥克風說：「謝謝各位發言人，給我們如此詳實的建案報告。我們昨天決議讓一位反對建案發言人進行十五分鐘的反駁，現在由薩巴斯宣．萊恩先生上台。」

忍受了兩小時折磨的觀眾彷彿忽然甦醒，薩巴斯宣走上講台時，一股全新的力量襲來，他調整麥克風後說：「謝謝你，思達克先生，也感謝委員會同意讓我為廣大民眾說話。」他忽然戲劇化地沉默下來，接著大聲說：「老實說，各位委員，這個案子簡直是爛透了。」

大禮堂爆出掌聲和歡呼聲，數百名反對者的聲音終於被聽見了，觀眾們又是鼓譟又是鼓掌，驚人的爆發力讓現場每個人都嚇得一愣一愣，尤其是台上五位委員。思達克先生舉起一隻手，等觀眾停止喧嘩，然後說：「好的，這樣夠了，請各位自我節制，要是無法保持安靜，只好請你們離開。」他的聲音愉悅，經驗老道的他顯然知道怎麼做才是明智之舉。

觀眾慢慢安靜下來，但毫無疑問的，他們已經準備好發出怒吼。原本無聊的大人不再無聊，本來帶著睡意的孩子也都清醒了，他們專心聽薩巴斯宣．萊恩一一指出支道建案的弊病。

他說的每句話都很有道理，至少西奧這麼認爲，他已經完全被台上的薩巴斯宣吸引，這個人聰明又沉著，留著鬍子和略長的頭髮，西奧覺得薩巴斯宣絕對是他所見過最酷的發言人。他是個不上法院的律師，也是保護環境的鬥士，這種工作西奧從未考慮過，不過此刻的他想要成爲薩巴斯宣這樣的人。西奧現在有點嫉妒薩巴斯宣受眾人矚目，雖然這個想法讓他覺得有些羞愧。

不過並非每個人都欣賞薩巴斯宣的表現，盧卡斯．葛萊姆先生和另外一位委員，巴迪．克萊斯科先生開始不停提出犀利的問題。大家都知道葛萊姆先生贊成支道建案，隨著時間過去，克萊斯科先生的支持意願也愈來愈明顯，再加上一直大力聲援的思達克先生一票，支道建案已經取得五票裡的三票，亦即多數票，眼看勝利在望。

歷經一小時一來一往的辯論與爭吵，薩巴斯宣・萊恩開始失去冷靜，原因也很充分，葛萊姆先生和克萊斯科先生針對所有細節展開攻擊，而反對建案的切羅尼先生試著替薩巴斯宣幫腔，有時聽起來卻像是五位委員們在吵架並互相指責。觀眾也失去風度，在台下自說自話、抱怨連連，聽到愚蠢的提問或發言時，甚至發出噓聲。

薩巴斯宣上台一個鐘頭左右，竟然出現了戲劇化的轉折。當台上的唇槍舌戰暫時休兵片刻，禮堂中央一位年約四十、相貌猙獰的彪形大漢猛然起身大吼：「你們這些傢伙不敢投票嗎？」他尖銳的發言彷彿切開凝重的空氣，在整個大禮堂裡迴盪。觀眾愛死這個突發狀況，以歡呼聲和笑鬧聲回應，禮堂後方某處的觀眾開始高呼：「投票！投票！」迅速傳到每個角落，剎那間，幾百名觀眾全部起立盡全力大喊：「投票！投票！」

西奧也尖聲附和，這輩子不記得有這麼開心過。

示威開始後，薩巴斯宣很明智地退下，思達克先生也很明智地讓觀眾表達他們的意見。約莫過了一分鐘，連窗戶都在震動，思達克先生舉起手微笑：「謝謝大家。」他說：「請安靜，對，謝謝你們。現在請坐下。」高呼聲停止，觀眾們一邊移動腳步，一邊抱怨，老不情願地坐下，至少有位子的人坐下了。西奧和其他數十位觀眾已經站了將近三個鐘頭。

思達克先生說：「請大家控制情緒，根據會議規程，我們將在今晚投票，請各位耐心等候。」禮堂裡鴉雀無聲，思達克先生拿起一張紙，對著它皺眉，然後說：「好的，在這裡簽名要求上台表達意見的人共有九十一位。」

觀眾席傳來嘆氣聲，現在時間十一點〇五分。

思達克繼續說：「平時如果有這麼多人出席公聽會，我們會限制每位觀眾的發言時間為三分鐘。九十一段發言乘以三分鐘大概是兩百七十分鐘，也就是四個半小時，恐怕沒有人想等這麼久。」

葛萊姆先生插話：「必要時我們也可以改變規定，不是嗎？」

「是的，那在我們的權限範圍內。」

「我建議減少發言人數。」

又引起委員們之間一陣討論，他們花了十分鐘七嘴八舌地討論該如何節省時間。最後山姆．麥格雷先生說話了，他是最年長的委員，也是話最少的一個，他建議將發言人數縮減為五人，一人五分鐘，保證能在午夜之前結束，也能讓大家發表各種不同的意見，他說多數發言人只是重複一樣的話，這件事所有人其實都心知肚明。其他四位委員終於同意，現場改變規定，思達克先生催促發言人盡快和他們的朋友或同事討論，推選五人上台發言，因此又製造了一些混亂，消耗了一些時間。

第一位發言人上台時，幾乎已經十一點半了。這位來自某個商會的發言人衣著光鮮，他堅持支道非建不可，開始老調重彈，提到拜兜街的交通堵塞問題、七十五號公路對整個州的重要性，還有經濟成長就靠這條路了，諸如此類的論調。哈迪的爸爸下一個上台，他代表所有將因這條四線道路而失去土地的地主，就土地徵收被濫用一事，幫大家上了一堂課，身爲牧師的他很習慣對群眾講道，而且他知道如何說服別人。一名當地的水管承包商上台表示他贊成支道建案，因爲他有八輛卡車且雇用了八名司機，常常因爲堵在斯托騰堡而苦惱。

西奧專注地聽台上的人說話，突然發現薩巴斯宣．萊恩在他身邊悄聲說：「西奧，把口罩拿下來。」西奧照做後說：「什麼事？」

薩巴斯宣將身子壓低，難得露出緊張神情說：「聽著，西奧，我們有個很棒的點子，你可以代表孩子們上台發言。」

西奧的下巴差點沒掉下來，一陣恐懼感忽然襲來，他不禁背脊發涼，嚇得說不出話。薩巴斯宣繼續說：「你是最後一個，你往講台走過去的時候，我們會讓其他孩子跟在你後面，你們一幫小孩與委員們對峙。非你不可，西奧。」

「不可能。」西奧勉強說出一句話，他的嘴脣好乾。

「當然可能，你一定做得到。我們聽說委員們和很多其他人都想見見製作那支影片的孩子。那就是你了，西奧。」

第28章

每一步彷彿有千斤重，西奧從禮堂中間的走道往講台前進，表情凝重的委員們就在不遠處，他突然發現自己不知道要說什麼。毫無準備，連張小抄都沒有。西奧嚇壞了，全身彷彿失去知覺，甚至呼吸困難，腦子裡突然閃過逃走的念頭，消失就對了。走道左邊出現一張熟悉的臉孔，是少校，他驕傲地微笑著，舉起緊握的拳頭，彷彿在說：「給他們好看，西奧。」

西奧知道有人跟著他，他聽到後面的人窸窸窣窣的聲音，也看到其他孩子從左右兩邊走過來，抵達講台時，孩子們一窩蜂圍到他身邊，好幾十個、或是好幾百人皆以黃色戰鬥裝示人，包括傑克森小學附設幼稚園的小小孩，還有西奧和哈迪班上同學組成的一幫社運小子，全都往講台靠攏，形成一片黃色的孩子幫，他們直視台上的五位委員。

雖然百般不情願，西奧還是走上台，將麥克風往下拉一些，努力思考要說什麼話。禮堂寂靜無聲，原本喧嘩的大人觀眾被孩子的勇氣感動得說不出話來。

西奧迫切地回想他辯論生涯中學到的規則和訣竅，沒想到在那恐怖的瞬間，什麼也想不起來。他全身僵硬得跟木頭一樣，這輩子不曾這麼害怕過，經過尷尬的幾秒鐘，很顯然不會有人上前代替他發言，於是他清清喉嚨，拿下黃色口罩，勉強說出幾句話。「我是西奧．布恩，在斯托騰堡中學念八年級。」

切羅尼先生連忙出手相救。「YouTube 上那支影片是你做的嗎？」

「是的，先生，我和朋友一起做的。」

他的回答引起觀眾一片呼聲，西奧嚇了一跳，回頭一瞥，看到很多人起立叫好，於是他努力擠出一抹微笑。根據他最後一次的查看結果，影片點閱次數高達十萬，西奧猜想禮堂裡的每個人都看過影片，有人或許還看了不只一次。

西奧頭轉回去後，觀眾才安靜下來。切羅尼先生說：「好，布恩先生，謝謝你拍了這支影片。」其他委員似乎毫無感激。山姆．麥格雷先生卻突然問：「你是那條狗的主人嗎？」

「是的，先生。」

「如果我沒記錯，根據報紙上的說法，那些想建造支道的人被你稱作一票惡棍，或是類似的稱呼。」

觀眾席傳來一些噓聲，西奧背後的一些好心人不喜歡這個問題。他知道自己身爲小孩的優勢，委員們不能無禮或粗魯地對待他，畢竟他只是個十三歲的孩子。

西奧冷冷地回答：「不對，我說的是那些打狗的人。」

麥格雷先生點頭不語。

「你的狗還好嗎？」切羅尼先生問。

「現在還不錯，謝謝您的關心。」後面傳出一些零星的掌聲。

「我們可以繼續嗎？」葛萊姆先生怒氣沖沖地說。他已經厭倦看著那些戴黃色口罩和頭巾的兔崽子了。

主席思達克先生說：「現在是你的時間，布恩先生，你只有五分鐘。」他怒視西奧，黑色的眼睛犀利得彷彿能穿透對手。西奧無法與他人眼神接觸，無法呼吸或思考或做別的事，他只是站在那裡，雙手緊緊抓住桌子，時間滴滴答答地過去，每個人都在等待。他快昏倒了。

蒙特老師的辯論進階課程就是即席演講，在毫無準備或小抄的情形下面對觀眾，雙方都戰戰兢兢地上台，完全不知道會發生什麼事，也不知道是什麼議題，蒙特老師當場公布題目後，有五分鐘的時間匆匆準備，想出各種厲害的論點。根據蒙特老師的說法，第一招就是讓題目與自己產生連結，從自己很了解的事開始。

西奧看著他的盟友切羅尼先生，開始說：「我的父母都是律師，而我很幸運地能在事務所學習，我在那裡長大，也學了很多東西，至少對一個十三歲孩子而言學了很多。我花了很長的時間研究土地徵收的相關法令，也就是政府想要某處的房地產，地主卻不想賣的時候會發生什麼事。在我國，擁有財產是很重要的權利，也是大多數美國人夢想的權利，而多數人也都能實現夢想。」他的呼吸恢復正常，說話聲音逐漸穩定下來，很有韻律感。雖然他還是很害怕，卻已成功掩飾自己的恐懼，他想起蒙特老師一直以來的忠告：「慢慢地說、清晰地說、深入地說。」

觀眾靜靜聽著。開始吧，西奧。

「土地徵收權僅限用於極端的情況，而現在的狀況並不是。對我們在斯托騰堡的生活而言，支道並不是必要的建設，事實上，我們的生活有沒有支道都一樣。建造支道或許能讓某些人獲益，但是對我們多數人並沒有差別，也就是說，在我們的法律定義下，這並非不可或缺的建案，因此政府不能使用土地徵收權，政府又為什麼要這麼做？」他稍微停頓，以製造戲劇效果，他剛剛突然想起在高等法院案件紀錄裡讀到的好句子。「即使政府夠大、夠強大、夠富有、夠強勢，並不表示它有權奪走人民的土地。」

這句話說的時機恰到好處，觀眾再度發出喧鬧聲，表示認同。

西奧已經找到他的節奏感和著力點，甚至在某一瞬間很享受聚光燈的洗禮。他移動重心，所有優秀律師對評審團說話時都是這麼做，他眞希望能夠來回踱步，可惜他被困在麥克風後面。他看著切羅尼先生友善的臉，繼續說：「昆恩牧師對他們家族農場的描述，你們都聽過了，而我曾經拜訪過那個地方，哈迪·昆恩是我朋友，也是那支影片的幕後推手之一。他在自家的農場長大，那塊美麗的土地約有一百公頃，我們每個人看了都會想搬過去住，那裡什麼都有——可供打獵的濃密森林、可以釣魚的泉水和小溪、可以划竹筏的河流、供應稻草的空曠草地，還有很多條長長的步道，看是要徒步健行還是騎馬都行。那裡還有樹屋、倉庫、馬廄、儲物小屋、家族墓園與一棟鄉間老屋，昆恩家族凡週末或放假，都會聚在那裡，多年來上百位昆恩家族的人曾在房子前廊聊天、喝冰紅茶。後院則是他們舉辦婚禮和喪禮的地方，每年國慶日還會在那裡舉行烤肉大會。請試想，用想像的就好，高速公路局派一堆推土機去將它剷平，那是不對的。」觀眾席傳來好幾個人表示同意的聲音。

五位委員都看著西奧，在心裡衡量他說的每句話。西奧乘勝追擊。「那是濫用權力。」

他改變態度，提高聲音說：「現在，這些設計支道的聰明傢伙們認爲讓一天兩萬五千輛車改從小學和運動中心旁邊經過，其中至少有一萬輛排放柴油廢氣的卡車，因爲沒有人願意準確地進行研究，看看當地空氣會被汙染的程度，我們不知道，喔不對，是你們不知道自己在說什麼，沒有人知道。雖然我只是少年律師，不是少年科學家，但是在我看來，學校附近是最不應該開四線道公路的地方。」

站在西奧正後方的哈迪、伍迪、雀斯和愛波彷彿排練過似的，開始咳嗽、作嘔，排在他們後面的孩子們也一一仿效，不到半分鐘，黃色的人龍開始搖晃、轉動，甚至一分爲二，誇張地展現柴油廢氣汙染所造成的影響。

思達克先生最後舉起手，耐著性子說：「好，好了。」他們立刻停止咳嗽和作嘔。觀眾都覺得很有趣，多數委員與他們的助理也有同感。

西奧繼續說：「很幸運的，我就讀的學校離支道很遠，但請容我說明一下我們學校的狀況。過去兩個月，學校被迫縮減課程、解雇兼職員工、開除教練、工友、餐廳員工，甚至還取消校外教學。我們這一區的所有學校都是這樣，為什麼？因為預算削減，而且影響的不只是學校，警察和消防隊也在解雇員工，另外還影響到街道維護、垃圾回收事宜，公園和娛樂設施也都受到影響。各位委員一定知道這個狀況，因為你們也被迫削減郡政府預算。」又是一個停頓好讓西奧瞄準獵物。「身為我們的社區領袖，你們怎麼能今天削減預算，明天投票贊成花兩億元興建這條對民眾無益的公路？」

在場觀眾立刻怒吼，那些為西奧加油的觀眾頃刻間全部起立，一輪又一輪地熱烈鼓掌，氣氛愈來愈熱烈。西奧趁勢向前走了一步，思達克先生舉手示意大家守秩序，卻沒人理他。思達克先生又能如何？同時逮捕好幾百人嗎？還好他不笨，只是沉著一張臉坐著聽觀眾咆哮，在某一瞬間，與西奧的眼神交會，他們雙方都很清楚事情真相。

西奧明白自己的即興演出已經進入高潮，蒙特老師總說，最好趁領先的時候退出，很多人都是因為時間拖太久而失去聽眾的注意力。更何況他已經做到這種程度。西奧已經鬆了一口氣，真的沒有什麼要補充了。等觀眾終於安靜下來，西奧往後退回麥克風位置說：「謝謝大家。」

「謝謝你，布恩先生。」思達克先生說。此時已接近午夜，而最後一位發言人也已經發表完畢，只剩下投票的議程。觀眾顯然要等到委員們投完票才願意離開，黃色的孩子幫也不願回座，他們反而集體往講台移動，從走道往前擠，他們盡可能靠近五位委員，一個個勾著手臂，坐在地板上。

「你們可以回去坐了。」思達克先生說，孩子們卻搖搖頭，動都不動。

禮堂後方某個大嘴巴起立大吼：「投票！」馬上再度引發一輪震耳欲聾的呼聲：「投票！投票！」牆壁彷彿都在震動，窗戶也嘎嘎作響，委員們看起來既生氣又困惑，他們想像往常那樣私底下商量，在面對大眾之前擬定出一個辦法，但是今晚不行，此刻不行，他們非投票不可。

思達克先生再度舉手，終於平息群眾的騷動。他說：「很好，根據會議規程，現在是我們投票的時間了。祕書女士，可以請你幫忙唱名嗎？」

在長桌另一端的祕書說：「當然可以。五位委員皆出席投票，投票方式以『是』表示贊成通過支道建案，『否』表示不贊成通過支道建案，以多數決表示贊成建案的通過與否。思達克先生？」

「是。」

「葛萊姆先生？」

「是。」

「切羅尼先生？」

「否。」

「麥格雷先生？」

麥格雷先生摸著他脣上的白鬍鬚，困惑地陷入思考。最後終於以粗啞的聲音說：「否。」

西奧坐在講台前面的地板上，與哈迪和愛波勾著手臂，感覺他身邊的每個孩子皆屏息以待。此時戰況膠著，看起來並不樂觀，現在的投票數是二比二，只剩下克萊斯科先生尚未投票，而他之前給人支持建案的鮮明印象。

「克萊斯科先生？」

克萊斯科先生的背脊僵直，頭往後仰，一隻手摀著嘴巴，整個人很不安，彷彿呼吸困難似的，最後終於擠出一句話：「棄權。」

密契爾．思達克與盧卡斯．葛萊姆皆為之一驚，看著巴迪．克萊斯科，但他的目光不在任何人身上，只是凝望著遠方的一扇窗戶，顯然很想從那裡跳下去。群眾倒抽一口氣，開始竊竊私語，無人確知結果究竟爲何。

祕書冷靜地宣布：「兩票贊成，兩票反對，一票棄權，通過紅溪支道建案的動議在此因缺乏多數決而被駁回。」

全場觀眾隨即起立鼓掌，坐在前方的孩子們蹦蹦跳跳地拍手叫好，他們的父母有的互相擁抱、擊掌，有的彼此握手慶祝。在一陣喧嘩聲中，五位委員們收拾自己的文件，準備離場，那些來自交通部的專家以及建案支持者則拿起公事包和資料，直接走向最近的出口。

公聽會已經結束，不過孩子們尚未離去，他們將講台四周擠得水洩不通，而被孩子們圍繞的西奧．布恩，正在那裡細細品嘗勝利的滋味。

第29章

派對在公聽會結束後的星期六下午兩點舉行，由昆恩家族全員臨時決定。他們邀請許多人參加：土地與家園同樣遭受威脅的鄰居、領軍反對支道建案的人，像是薩巴斯宣・萊恩與西耶拉俱樂部的成員，還有很多孩子（又稱黃孩子幫），他們在這場抗爭中都扮演了重要角色。在這個晴朗而美好的午後，一群人在昆恩農場的老房子後院相聚，這片寬敞的院子也曾經是昆恩家數個世代開派對與嬉戲的地方。

哈迪的爺爺席拉斯・昆恩先生負責巨型烤肉架，上面擺滿雞肉、香腸、熱狗、肋排，濃郁的香氣在農場裡飄盪，從烤肉架飄出來的煙霧不時讓西奧想起他的煙霧彈。哈迪的奶奶貝佛莉太太在餐桌旁邊忙東忙西，爲客人準備大餐，豆子、綜合菜絲沙拉、燉菜、魔鬼蛋❼還有一根根玉米，足以餵飽一整支軍隊。

西奧和他父母一同參加派對。前腿骨折幾乎完全痊癒的法官也來了，牠現在已經不需要夾合板，無憂無慮地與其他十幾隻狗到處玩耍。伍迪、雀斯、愛波和其他幾個朋友跑來跑去丟飛盤，他們的父母則一邊享用冰紅茶，一邊描述公聽會的勝利。

這場派對簡直就是慶祝大會。昆恩家族所珍視的土地得以保存，他們心懷感恩，也對所有人表達感激之情。用餐時間，一群人聚在桌邊，由哈迪的父親查爾斯·昆恩牧師帶領大家禱告。他的禱告漫長而美好，幾乎對一切致上謝意，尤其是對朋友們，包括老朋友和新朋友，感謝他們在需要時伸出援手。

西奧低著頭卻沒闔上眼，他看著感覺很餓的法官，然後以自己的方式禱告致謝。

❼冷盤名稱，將白煮蛋對半切開，挖出蛋黃部份，以美乃滋、黑胡椒、黃芥茉醬調味後，再次填入蛋中，常在派對或節慶中出現。

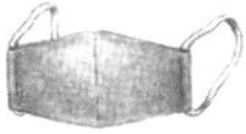

西奧律師事務所 4

黃口罩的逆襲

文 / 約翰．葛里遜　譯 / 蔡忠琦

執行編輯 / 盧珮如　編輯協力 / 丘瑾
主編 / 林孜懃　美術設計 / 唐壽南　行銷企劃 / 陳佳美
出版一部總編輯暨總監 / 王明雪

發行人 / 王榮文
出版發行 / 遠流出版事業股份有限公司　104005台北市中山北路一段11號13樓
電話：(02)2571-0297　傳真：(02)2571-0197　郵撥：0189456-1
著作權顧問 / 蕭雄淋律師
輸出印刷 / 中原造像股份有限公司
□ 2014年 4 月 1 日 初版一刷
□ 2023年 5 月 15 日 初版十一刷

定價 / 新台幣250元 (缺頁或破損的書，請寄回更換)

ISBN 978-957-32-7383-7
遠流博識網 http://www.ylib.com　E-mail:ylib@ylib.com

THEODORE BOONE: THE ACTIVIST
By John Grisham

國家圖書館出版品預行編目資料

西奧律師事務所：黃口罩的逆襲 / 約翰．葛里遜（John Grisham）著；蔡忠琦譯. -- 初版. --臺北市：遠流, 2014.04

面；　公分.（西奧律師事務所；4）

譯自：Theodore Boone : the activist

ISBN 978-957-32-7383-7（平裝）

874.59　　103003947